さいとう市立さいとう高校野球部(上)

あさのあつこ

講談社

さいとう市立　さいとう高校野球部(上)　目次

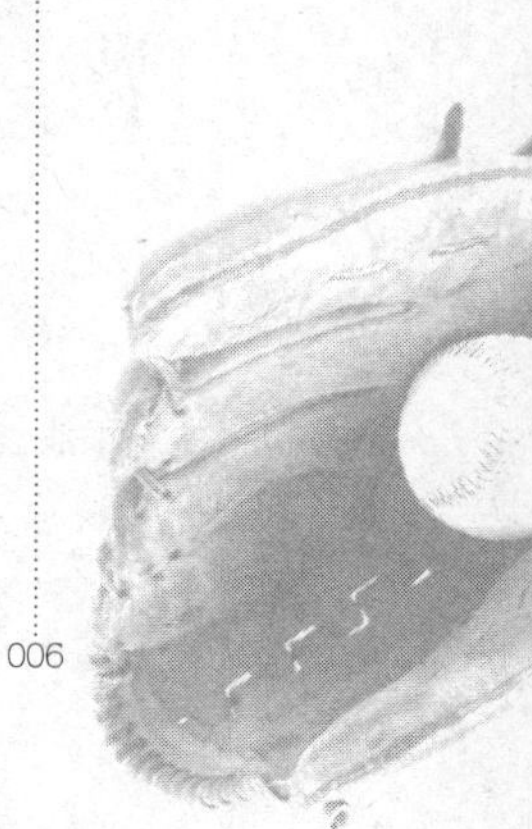

（下巻に続く）

さいとう市立
さいとう高校野球部（上）

さいとう市立さいとう高校野球部について、おれは語る。

その一、春のできごと

暑い。
暑い、暑い、暑い、暑い、暑い。
暑い、暑い、暑い、暑い。
暑い。
まだ四月だってのに、なんで、こんなに暑いんだ。

四月だぞ、四月。

花見の時季じゃないか。この前まで、桜が咲いたの咲かないのって騒いでたじゃないかよ。

おれのおふくろ、山田ソフィア富士子さんは桜が好きだ。とくに、夜桜見物が好物……こういうときに好物って使わないのかなあ。日本語の使い方ってイマイチよくわかんないんだよなあ。

いや、おれは日本人だけど。

おれの親父も、おれの妹も、おふくろも日本人だ。おふくろは半分ロシアの血が混じっている。祖母ちゃんがロシアはサンクトペテルブルクの出身だったんだ。そうそう、かのエルミタージュ美術館のある街。もっとも、おれを含めて山田家の面々はだれもエルミタージュ美術館にも、ペテルブルクにも、ロシアのどこにも行ったことがない（おふくろは日本生まれの日本育ちなんだ）。

と言うか、おれ、海外旅行の経験、ないし。グアムさえ行ったことないし。

うちの家族は、おれを含めて異常にとか、非常にとか、マジでとかの副詞（副詞でいいんだっけ？　助動詞とかじゃないよな。日本語、イマイチわからん）が、くっつくぐらいの温泉好きで、暇さえあれば金がなくても「温泉目指して旅行するぞ、全員集合だ」って勢いで動いている。外国に遊びに行く暇と金があるなら、国内の温泉全てを制覇するという遠大な計画に費やすだろう。

おれは今、高一になったばかりだが、中学の卒業式の前日、

「これからは家族旅行は全て拒否る」

と、宣言した。

「あら、なぜ？」

おふくろがカレーの鍋を掻き混ぜながら、にっこりと笑った。スラヴの血なのか生まれつきなのか、色が抜けるように白い。目が薄茶色で髪もやや茶色がかっている。きれいな二重で、睫毛が長い。口元にちょんと鉛筆の先で突っついたようなホクロがある。

これでマネキンみたいに細っこくなければ文句なく美女の部類だろうが、いかんせん痩せすぎている。娘のころは、かなりぽっちゃり系だったと言うから、親父が一目惚れして、毎日、薔薇の花とラブレターを送り続けたという逸話もまんざら誇張じゃないだろうなと、うなずける。

「なんで、急にそんなこと言い出したの。これ、どう？」

おふくろは笑ったまま、カレーの入った小鉢を差し出して来る。味見をしろと言

うのだ。市販のルーを使わずに作るおふくろのカレーは抜群に美味い。お手製のナンも抜群に美味い。ロシアじゃなくてインドの血を感じる。舌の先でカレーを舐め、あぁ美味いとおれは思った。それだけで、幸せな気分になるから不思議だ。

「おれ、もうすぐ高校生だし」

「さいとう高校、受かったもんね。おめでとう。味、どう？」

「美味いけど。高校生にもなって家族と温泉旅行なんて、どうかと思うんで」

「高校生は、家族と温泉に行かないの」

「うん、行かない」

「なんで？」

「そういうもんだから」

男子高校生ほど、〝家族で温泉旅行〟の図が似合わない生き物はいない。男子高校生ってのは一人でいるか、仲間とつるんでいるかのどっちかしかシチュエーションはないのだ。その点、女子高校生は、もうちょいシチュエーション数が多いと感じる。あくまで、個人的感覚だけどね。

ふーんとおふくろは気の無い返事をした。それから、壁のカレンダーにちらりと目をやった。

「梅乃が春休みになったら、黒川温泉に行こうって、柳一さんが言ってるのよねえ」

「黒川温泉！」

不覚にも息を詰まらせ、咳き込んでしまった。因みに梅乃は妹、柳一は親父の名前だ。柳一はともかく、梅乃とはえらく古風な名前だが、妹は外見も性格もちっとも古風じゃない。

「黒川温泉って……大分県のあの有名な……」

「熊本県よ。熊本県阿蘇郡。泉質は硫黄泉」

「硫黄泉！」

あの独特の刺激臭を思い出し、おれはへろりと口元を緩めてしまった。不覚だという意識さえ消えてしまった。

「とうぜん、泊まりがけだよな」

「二泊三日。温泉三昧よ」

黒川温泉、硫黄泉、温泉三昧……あぁ何てこった。

「実はね、優待券が手に入ったの。お部屋をランクアップして、露天風呂付きのところに泊まる予定。一日中、入り放題だね」

これは止めの一言だった。

露天風呂付きの部屋、入り放題、一日中、好き勝手に入り放題。

あぁくらくらする。

口の端から涎が零れそうだ。

「勇作、行くでしょ」

「行く」

「じゃあ、三月の最後の週末ね」

ここでバンザイをしなかったのは、おれの制御機能がぎりぎりで働いたからだ。

春休み、おれは家族と共にいそいそと黒川温泉に向かい、温泉三昧の幸せな二泊三日を送ってしまった。

不覚である。

まあ、それはそれとして、そのくらい山田家は温泉好きなのだ。海外旅行なんて、まるで眼中にない。だから、おれは日本国領域から一歩も出たことがない。

「ええっ、勇作くん。海外旅行の経験ないの。うっそぉーっ」

そう言って、黒目をくるくる動かしたのは信田愛奈だった。一月前まで付き合っていたカノジョだ。背が低くて、ぽっちゃりしてて、目が大きくて、耳が小さい。まさに、おれの好物の……じゃなくて、好みの女の子だった。文句無しにストライクゾーンど真ん中って感じだ。

だいたい、おれは何が苦手って、女の子の細すぎる脚とナメクジほど苦手なものはないのだ。これから暑くなると、ショートパンツやミニスカートから覗いた枯れ枝みたいな脚を見なきゃいけなくなる（見たくないなら別に見なければいいだけじゃないかとの反論もあるだろうが、それは甘い。人というのは見たくないものを見てしまう、悲しい習性があるのだ）し、何気なく横を向いた瞬間に壁を這っていたナメクジに鼻の先がぶつかりそうになる（おれは客観的に見て、鼻が高い）し、けっこう気が重い。

愛奈の脚は立派だ。

俗にいう大根足ってやつで、きれいな曲線でできている。おれは、まず愛奈の脚に惚れた。それから、くりくりとよく動く黒目→二重になりかけている顎→丸い頬→ほんわりした笑顔→見かけと同様に丸くて屈託のない性格、の順で惚れて行った。

告白して交際を申し込んだのは、二重になりかけている顎→丸い頬のあたりだ。

心が決まったら、即、行動に移す。逡巡してろくな結果になったためしがないし、逡巡とか躊躇とかは、嫌いだ。

躊躇して得した覚えがない。

で、おれは（信田の顎って可愛いな。ほっぺたも可愛いな）と感じた直後、つまり、一年前、中学三年生の春の終わりと夏の初めのあわいのころ、愛奈に「おれと付き合わない？」と声をかけた。

愛奈は爪先立ちするようにして、おれを見上げ（身長は、当時で百八十センチ近くあったはずだ。今はもうちょい伸びている）、

「本気なわけ？」

と、尋ねた。そのときだけ、くりくりよく動く黒目はぴたりとおれの顔に照準が合って、微動だにしなかった。

かなりの迫力だった。ちょこっとだけ、気圧された。

「本気に決まってんだろう」

「本気の本気？」

「本気だって。何でそんなに疑うんだよ」

「ゲームじゃないのね」

「ゲーム？」

「一週間の内で何人、告白した女の子からＯＫ貰えるかって。もち、一番数の多い人が王さま」

「何だよ、その下品な悪ふざけは」

「今、男の子たちの間で流行っててんじゃないの」

「やめろよ。気分悪くなる」

おれは露骨に顔を歪めた。

わざとじゃない。本当に気分が悪かったんだ。そういうゲームが流行ってるなんて全然知らなかった。そういうゲームにおれが乗っかってるのではと愛奈に疑われたのはショックだし、そういうゲームをおもしろがっているやつらが本当にいるのなら、なおショックだ。軽くへこんじゃうぐらい、ショックだ。

別に、正義漢を気取ってるわけじゃない。

「人の心を玩ぶなんて、最低だ」とは思うけれど、本気で怒って「人の心を玩ぶなんて、最低だ」と大声で糾弾するほど、熱くはない。

ただ、そういう話を聞くと、古傷が疼く。

いわゆる、トラウマというやつだろうか。

幼稚園の年長組になって間もなくのころ、だから季節はやっぱり春と夏の狭間だったはずだ。

当時大好きだった久実ちゃんと手を繋いでお遊戯していたとき、久実ちゃんがおれの耳元に囁いた。

「あたし、勇くんのこと好き」

耳朶に息がふるんとかかって、おれは一瞬、恍惚となってしまった。「好き」の一言に、あんなに心震えたことはそれまでの人生、五年間の内で初めてだった。もしかして、あれがおれの初エクスタシー体験かもしれない。

幼稚園児をなめてはいけない。女の子のことはよくわからないけれど、男はあの時期、いろんな〝人生初〟を体験するのだ。

「勇くんは？」

「え？」

「勇くんは、あたしのこと好き？」

久実ちゃんが訊いてくる。訊きながら、腰に手を当ててぴょんぴょんと二回、跳ねた。それから、「ゲコゲコ」と言った。

♪　みんな、みんなかえるさん

な、か、よ、し、かえるさん
みんなでゲコゲコ　ゲーコゲコ

誰の作詞か作曲か知らないけれど、テンポの良いダンスミュージックにのって、おれたち園児は踊り、「ゲコゲコ」と蛙(かえる)の鳴き真似をしなければいけなかったのだ。因みに、二番は、

♪ みんな、みんなひよこさん
か、わ、い、い、ひよこさん
みんなでピヨピヨ　ピーヨピヨ

となる。

「ほら、勇作くん、かえるさんになってないよ。ぼんやりしないで」

ぱんだ組（おれは、こあら組だった）の橋川(はしかわ)先生の鋭い叱咤(しった)が飛んでくる。橋川先生はおばさんだけれど、可愛い系の美女で、可愛い系の美女のわりに性格はきつかった。いつもなら、その物言いに腹を立てるところだが、そのときはもう橋川先生のことなんて、どうでもよかった。久実ちゃんの「好き」に頭がぼーっとしてしまって、どうしたらいいかわからなくなっていたのだ。

「勇くん、ねえ、あたしのこと好き？」

久実ちゃんが両方の手をぱたぱた動かし重ねて問うてくる。みんなが一斉に「ピヨピヨ」と鳴いた。

「ほら、勇作くん。ひよこさんにもなってないよ」

橋川先生のきんきん声を掻い潜り、おれは答えた。

「うん、好き」

「きゃっ」

久実ちゃんは嬉しげに笑い、肩をすくめた。

ものすごく可愛かった。

久実ちゃんに「好き」と告白されたなんて、すごい幸せなことなんだとしみじみ思った。

その日のお弁当の時間、おれは当然のように久実ちゃんの隣に座った。恋人同士のつもりだった。お互いに愛の告白をしたわけだから、恋人って言っても差支えないでしょうなんて勢いだった。

今、この年になってから、しみじみと思う。

若かったな。

若くて、単純で、一途だった。

五歳のおれ、若くて女心の恐ろしさを小指の先ほども知らなかったんだな。かわいそうに。

おれが傍に座っても、久実ちゃんは何の反応も見せなかった。にっこり笑うことも、恥ずかしそうに俯くこともしなかった。おれの広げたお弁当を覗き込むことさえしなかった。おれを完全無視して、テーブルの向かい側でサンドイッチをぱくついていた山本一良に声をかけた。

「いっちゃん」

「ふぁい」

卵サンドを口いっぱい頬張っていた一良が、ぼやけた返事をする。口の端からパンの欠片が零れた。

「あたしのこと好き？」

「ふぁい？」

「あたしのこと好き？」

一良はサンドイッチを飲み下し、首を傾げた。うーんと唸る。

「そんなに、好きじゃない」

それが唸った後の一良の返事だった。久実ちゃんの顔が泣きそうに歪む。

「どうして、あたしのこと嫌いなの？」

「嫌いじゃないけど、好きでもない」

「いっちゃんの好きなものってなあに？」

「猫」

即答だった。猫とはあのミャーミャー鳴いて、かつては鼠害（そがい）対策として、今はほぼ愛玩用に飼育されているやつだ。

「食べる物では何が好き？」

「卵焼き、ウィンナー、肉団子」

「次は？」

「ミカンとサクランボ」

久実ちゃんはお弁当の蓋（ふた）を開けると、サクランボを一つ、摘（つ）まみ上げた。いかにも高級そうな丸いつやつやとしたサクランボだ。

「これ、あげる」

久実ちゃんがサクランボを差し出す。

「ありがとう」

一良がにこにこしながら、受け取る。

「あたしのこと好き？」

「うん、好き」

久実ちゃんは満足気に笑い、幼稚園バッグから花柄の表紙の小さなノートを取り出すと、ノートの間からシールのシートを抜き出した。子どもの小指の爪ほどの紅(あか)いシールがついている。それをノートのページに一枚、ぺたりと貼った。すでに、幾つものシールが並んでいる。

上に、意外なほどしっかりとした筆致で『久実のあかまる』との一文が記されていた。

ちょっと、嫌な予感がした。

おれは、おそるおそる久実ちゃんに話し掛けた。

「久実ちゃん」

「なあに」

「そのシール、なあに」

「久実を好きって言った人だよ」

「へ？」

ノートをぱたんと閉じて久実ちゃんは、可愛らしく鼻の頭を動かした。

「久実を好きな子、いっぱい、いるの」

とても、得意そうな表情だった。

十五歳の今なら、おい、おまえ、大丈夫かと相手を気遣うことができると思う。〝好きな人確認シール貼り作業〟って、かなりやばいような気が、五歳のときも微かにはしたのだ。でも、ショックの方が大きかった。

久実ちゃんのあの「好き」はシールと同等の意味しかなかったのだと。おれはノートに並んだシールの一つでしかなかった。

ものすごく落ち込んで、おれは気分が悪くなった。子どもでも大人でも、精神的な衝撃は肉体を直撃する。

「勇ちゃん、どうしたの？　泣いてるの」

一良がおれの顔を覗き込んできた。胸苦しさのあまり涙目になっていたらしい。

「勇ちゃん？」

一良がおれの肩をぽんと叩いた。それが合図になったわけじゃあない。もう限界だったのだ。

限界だ。

おれはテーブルの上に屈みこみ、嘔吐した。

久実ちゃんが悲鳴をあげる。自分の弁当箱を抱え、逃げて行く。

「勇ちゃん、勇ちゃん、しっかりして」

一良はおれの背中をさすりながら、ポケットからハンカチを出して拭(ふ)いてくれた。

こいつは本当にガキのころから面倒見のいいやつだった。優しくて判断力があって、勇敢だ。

おれの汚れたスモックの前を自分のハンカチで躊躇(ためら)いもなく拭いている。久実ちゃんはとっとと逃げ出したのに。

おれが女なら確実、惚れちゃうだろう。もうめろめろになっちゃって、押し掛けてでも嫁になったと思う。

おれが、何かのはずみにそういう意味のことを口にしたら、一良は真顔でかぶりを振り、

「いや、女房はおれの方だから」

と、言った。

一良とは小学校の少年野球チームのときからずっと、バッテリーを組んできた。

おれが投げて、一良が捕(と)る。

幼馴染（おさななじみ）でバッテリーってどうよとも思うけれど、一良はなかなか優れ者のキャッチャーで、すいすいと気持ちよく投げさせるコツをちゃんと知っている（おれに関してだけかもしれないけど）。おれはずいぶんと助けられた。

「野球の話じゃねえよ。一般論だよ、一般論」

「一般論て？」

「だから、おまえならモテモテでも不思議ないってこと」

「女の子にか」

「たりめえだろう。男にモテて何が嬉しい」

「うーん、そうだけど……おれ、女の子には全然、モテないし」

これは事実だ。

山本一良はモテない。

幼稚園から高校に至るこの十数年間、かなりの時間、行動を共にしてきたけれど、一良が女にモテたところを見たためしがない。あっ、でも幼稚園から小学校三、四年生のあたりまでは、そこそこモテてたかも。それが学年があがるにつれて、一良のモテ度は急降下していったのだ。

さっきも言ったけど、抜群に性格が良くて、背が高くて（おれと同じぐらいある）、中学では野球部のキャプテンにして四番打者。これだけ条件がそろってモテない男って一良ぐらいのもんじゃないのか。

原因は明らかだ。

ヴィジュアルにある。

と言っても、一良がぶさいくなわけじゃない。一つ一つのパーツはけっこう整っていて、問題ない。ただ、そのパーツの集合体となると、ある種の問題が起こる。つまり、可愛らし過ぎるというか、幼過ぎる。そう、一良は極めつきの童顔なのだ。

「勇ちゃん、どうしたの？」とおれを覗き込んできた幼稚園のときから、ほとんど変わっていない……とまでは言わないけれど、近いものはある。

お肌はすべすべだし、唇(くちびる)柔らかいし（確かめたわけじゃない）、目がきれいで白目のところがちょっぴり青味がかって見える。

こういう、純真な子どもの見本のような顔がけっこうなガタイの上に乗っかっているアンバランスを、女は許容できないらしい。

だから、一良はモテない。

モテないことを本人はあまり気にしていないらしく、「山本くん、ずっとマスクをかぶってたら、かっこいいのに」なんて、無神経な女の科白にも、気を悪くした風も見せず、「いやあ、それはちょっと鬱陶しいなあ」なんて答えている。

う〜っ、歯痒い。可愛い。（無神経な女に）腹が立つ。

という具合で、おれは一良といるとどうにも落ち着かない、ざわざわした気分になるのだ。

女って、ほんと見る目がない。

男の何たるかが、まったくわかってないんだ。

まあ、もっとも、おれも一良が、

「春になると、猫、やべえよなあ」

「猫が？　何がやばいんだよ」

「あのウニャア〜って鳴き声、ずっと聞いてるとなんかコーフンしてこないか」

「えーっ、おまえ、猫の声に勃っちゃうわけ？」

「おまえ、勃たねえ？」

「ンなことあるわけねえだろう。あ、でも、突然風呂場でそうなっちゃって、パンツ脱ぐのに苦労したこと、あるなあ。引っ掛かっちゃうとマジで痛いし」

「猫、関係ないんだ」

「まったく、関係ない」

「あ〜ぁ、くそっ、やりてえなぁ」

「猫とか」

「ふざけんな。人間だ、人間。毛が生えてるのは、あそこだけで十分なんだよ」

こんなおれたちのアホらしくもエロい会話に、参入してくるとはどうしても思えない。実際、一良はめったに交じってこない。一緒に歩いていても、にこにこしながらアホらしくもエロい会話に耳を傾けているだけだ。そういうところが、とても一良らしくて、おれは、ちょっと嬉しくなったりする。

しかし、話が拡散し過ぎたようだ。

徐々に巻き戻していこう。

要するに、おれは幼稚園のとき、深い傷を負った。久実ちゃんに玩ばれたわけだ。だからこそ、他人の心を玩んだりしない。告白ゲームなんて反吐が出るほど、嫌だ。

古傷が疼く、疼く。

その疼きを、本気で交際を申し込んでいることを、おれは、熱くもならず冷静過ぎもせず、愛奈に伝えた。

愛奈は黙って聞いていた。そして、

「そうかあ、本気なんだ」

頬をぽっと紅色（あかいろ）に染めた。それが答えだった。

おれたちは、付き合い始めた。

約一年続いた。

別れた直接の原因は、愛奈は隣県の女子高に、おれは地元のさいとう高校に入学が決まったからだ。

二人とも遠距離恋愛に自信がなかった。

「勇作くんさ、いつごろから、あたしのこと嫌いになった？」

最後のデートのとき、愛奈がミックスジュース（愛奈の好物だ）をストローで混ぜながら、問うてきた。

「嫌いになんかなったことねえよ」

おれは答えた。

真実だ。おれは、愛奈を嫌いになどなっていない。

「じゃあ、いつから好きじゃなくなった？」

それも違う。今でも愛奈のことは好きだ。おれは、基本、女の子は好きだけれど、そういう基本を超えて好きだった。それなら、何で別れるのか。遠距離恋愛に挑戦する気が起こらないのは、なぜなのか。おれにも、よくわからない。

ただ、愛奈とはもうここまでかなという気がするのだ。けっこう、強く、する。

おれと愛奈の間には、小さなズレが幾つもあって、そのズレを確認して驚いたり、おかしがったりするのが楽しかったんだけれど、そのうち、楽しめないズレが案外に多いことに気が付いてしまったんだ。その内の一つが、

「ええっ、勇作くん。海外旅行の経験ないの。うっそぉーっ」

だった。別に愛奈がおれを嗤（わら）ったとか軽（かろ）んじたとか感じたわけじゃない。山田家及びおれの価値観は、温泉旅行>海外旅行なので、愛奈に驚かれても、ちょっとぐらい見下されてもびくともしない。

おれだって、愛奈に「硫黄泉と含鉄泉の違いも知らないのか」なんて、ちょっと見下して言ったこと、あるし。

おれが引っ掛かったのは、「うっそぉーっ」の部分だった。語尾を伸ばして最後を「っ」で締める物言いは、とても軽薄でとても醜い。そう感じてしまったのだ。

それまで、気にもならなかった語尾伸ばしが引っ掛かり「嫌だな」と感じてしまうのは、つまり、愛奈とこれ以上いたらどんどん「嫌だな」の部分が目に付き始め

るってことだと思う。これまでの、経験から思う。

それは、愛奈も同じなのだろう。

例えば、おれが飲みほしたコーラのグラスに残った氷をばりばり食っちまうことだとか、前髪を掻きあげる癖だとか、すぐに舌を鳴らすところだとか、それまで気にならなかった、あるいはむしろ好きだったものが、「嫌だな」に変わっている。

それに気が付いたんじゃないだろうか。

おれと愛奈は一年足らず、付き合った。

それは間違いじゃなかった。

エッチを二度、キスは何度もした。

それも間違っていない。

お互いをまだ好きだし、そんなに喧嘩もしなかったし、あいてに失望してるわけでもない。その予感とか、前兆とかに微かに感付いているだけだ。

「あたし、高校で美術部に入るの」

不意に愛奈がおれに告げた。

「美術？　絵を描くのか？」

「うん。意外でしょ」

「意外。ずっとテニスやってたのにな」

「うん。でも、本当は絵を描きたかったの。本格的にやりたいなあって思ってる」

「……そうか」

何と答えていいかわからず、おれは口の中に、氷を放り込んだ。コーラの味がして、舌の先がしゅんと冷えて行く。

「知らなかったでしょ」

「うん?」

「あたしが絵を描きたいって思ってるの、知らなかったでしょ」

「うん」

「お互いだけどさ、知らないことっていっぱいあるよね。いくらエッチしたって、わかんないんだよね」

愛奈の眸(ひとみ)がくるりと動いた。

何だかものすごく深い一言を言われたようで、おれは、氷の欠片を飲み下してしまった。

「勇作くんは、どうするの? 続けるの?」

「野球のことか」

わかりきったことを問い返してみる。

「そう。さいとう高校野球部に入るの？」

「どうかな。よく、わかんない。そこらへん真剣に考えてないから」

正直な答えだ。

さいとう高校で野球をするのか、しないのか。

まったく白紙状態だった。

一良は、おれとまたバッテリーを組むつもりでいるけれど。

どうかな……。

愛奈ではなく一良のことを考えていた。

ガタッとイスを鳴らして、愛奈が立ち上がった。

「勇作くん、じゃあここで」

「帰るのか」

「帰る」

「ジュース代、おごる」

「ほんと。ありがとう。じゃぁね、バイ」

「バイ」

おれに背を向けて、愛奈がファミレスから出て行く。一度だけ、ドアの手前で振り向き、手を振った。

おれも手を振った。

それで終わりだった。

あれから、愛奈には会っていない。

で、次は……夜桜か。

おふくろの大好物、いや大好きな夜桜だ。

「夜桜見物の後、ゆっくり温泉に浸かる。そんな一日を味わったら、死んでもいいって思っちゃう」

「いやあ、富士子さんに死なれちゃ困るから、その一日は三十年後ぐらいまでとっておこう」

「あら、あたし、あと三十年も生きられるかしら」

「生きてくれよ。ぼくがあと二十九年は生きるからさ。ぼくより、長生きしてくれないと」

「そんなの嫌。あなたのお葬式を出すなんて、あたし、耐えられないわ。たとえ一日でも嫌よ」

「富士子さん、頼むよ。きみに先に逝かれたら、ぼくはたぶん、後を追うと思う」

「まあ、柳一さんたら」

これは安手の昼ドラの脚本ではない。我が家のリビングで繰り広げられる両親の会話だ。

親父とおふくろの本気なんだか、冗談なんだか見当がつかないやりとりをおれと梅乃は、あるときは晩飯をがっつき、あるときはゲームに興じながら、完全無視する。

ともかく、おふくろは夜桜見物が好きだ。夜空と桜の取り合わせに、ぞくぞくするのだそうだ。そのあたりの感覚は、まったく理解できない。

夜桜は寒い。

毎年「寒い、寒い」を連発しながら、見物していた。おれはもう何年もパスしてるけど。

桜にも夜空にも桜と満月の組み合わせにも、まったく興味なし。わざわざ震えながら、花見なんかしたくない。

夜、うっかりして薄手の上着一枚で花見に行った梅乃とおふくろと親父、つまり、おれを除く山田家の面々が寒さにやられ、風邪で寝込んだのはついこの前だ。

それなのに、暑い。

暑い。

暑い、暑い、暑い、暑い。

暑い。

何だ、この暑さは？

いまさらだけど、地球温暖化、本当にヤバいとこまで進んでんじゃないのか？

暑い。ああ、暑い。

おれは、制服のブレザーを脱ぎ、ネクタイを緩めた。新入生なので一応、きちっとした格好をしていたのだ。変な先輩に目をつけられるのは、かんべんだから。

その崩した格好のまま、おれは、グラウンドを横切っていた。おれはまだ、帰宅部で、放課後は自由の身だった。

歩きながら、何となくグラウンドに視線を巡らせる。

野球部が練習していた。

一良の姿を探したけれど、見つからない。

まぁ、いいか。

一良、がんばれよ。

胸の内でエールを送り、校門へと向かう。

「山田勇作くん」

背後から名前を呼ばれた。

マズい。変な先輩にいちゃもんつけられるのかも。この暑いのに、揉め事とか、ほんとかんべんして欲しい。

「山田勇作くん」

再び呼ばれた。

うん？　くん付けかよ。

おれは首だけを回し、後ろを見やった。

野球のユニフォームを着た男が立っていた。

ひょろりと背が高く、とても痩せている。

風になびく柳の枝みたいだ。

こんなにユニフォームの似合わない人も珍しい。

「山田勇作くん、だよね」

男はおれの名前をゆっくりと発音した。とても大事なものであるかのように。

きれいな声だった。

決して大きくはないのに、グラウンドに満ちたさまざまな音を掻い潜って、鮮やかに耳に届いてきた。

「はい」

おれは、答えた。

男がにこりと笑った。右手に、白いボールを握っていた。

それが、おれと鈴(りん)ちゃんの最初の出会いだった。

さいとう市立さいとう高校野球部について、おれはさらに語る。

その二、鈴ちゃん、登場

この世には、どうしても、どうやっても、どうがんばっても似合わない取り寄せ、じゃなくて、取り合わせがある。たとえば、豚と毛皮のコートとか。幼稚園児とサングラスとか。パティシエとねじり鉢巻きとか。水着と温泉とか。

嫌でしょ。水着姿で温泉に入るの。時々、旅番組の外国バージョンかなんかで、水着のおばちゃん、おじちゃんたち（どうして、温泉に浸かっている人たちって、日本でも外国でもおばちゃん、おじちゃんなんだ。十代だって、温泉に入るんだぞ。温泉、大好きなんだぞ。おれなんか、『国内温泉巡りの旅』なんて番組から出演依頼がきたら、即、ノーギャラで引き受けちゃうけどなあ）が、カメラに向かって笑い掛けながら、「オー○▲☆＄＄（すばらしいですな）」「＆％◎◎、♪（ほんとに最高よ。あなたも浸かってみたら）」なんてコメントを出す場面があるけれど、あれ、おれにとっては、違和感ＭＡＸ。

温泉は裸で入るべきです。

おれは硫黄泉が特別に好きだけれど、含鉄泉でも、単純泉でも、塩化物泉でも、もちろん、どんとこいだ。素っ裸で手足を思いっきり伸ばし、湯に浸かる。ゆっくりと目を閉じて肌に染み込む温かさを楽しむ。

年、関係なく人生は辛苦に満ちている。五歳には五歳の、十五歳には十五歳の、七十歳には七十歳の辛さや苦しみがあるのだ。おれはそう思っている。今のところ、十五歳までしかわからないけど。

だからこそ、温泉が必要なんだ。

ほんの一時でも、ゆるゆると自分を解放してやる。そのためには、裸だ、裸体だ、ヌードだ、水着なんか着るな。温水プールと温泉をいっしょくたにすんじゃない。

おれは露出狂でもヌーディストでもないけれど、温泉だけは裸で入って欲しい。

切に願う。

で？　何の話だっけ？

取り合わせだ。

似合わない取り合わせの話だった。

つまり、おれの目の前に立っている男は、水着と温泉の取り合わせと同じほどに、野球のユニフォームが似合っていなかったのだ。ただの『似合わない』じゃなくて、完全に『どうやっても似合わない』のレベルに達していた。

この世には、どうしようもない取り合わせが存在すると同時に、『ユニフォーム・マジック』なるものも存在する。つまり、ユニフォーム、特にスポーツ関係のユニフォームを着ていると、三割方『かっこいい度』があがるというものだ。私服だと、別にどうってことのないやつが、ユニフォームに身を包んだとたん、きりっ、しゃん、すかっという感じでかっこよく見えてしまう。

まあ一種の目の錯覚なんだろうけど、人の目はいつだって見た目に騙（だま）され、思い違いを誘発する。そういう構造になっているんだと思う。

そのユニフォームの中でも野球のそれは特にマジック力が強い。あれ着てると、たいていのやつはかっこよく見えちゃうからね。

あっ、でも、おれが中学三年間、けっこう本気で野球をやってたのは、ユニフォームのせいじゃないから。そこのところは誤解されたくない。けれど、野球のユニフォームが腹掛けにスパッツなんてものだったら、たぶん、野球部への入部は諦めたはずだ。ものすごく悩んだろうけど、最終的には諦めた。

まぁ、野球のユニフォームは、腹掛けでもスパッツでもなくあの通りで、おれは、野球を選ぶべきか見た目を尊重すべきかで余計な葛藤をしないで済んだわけだ。

そうなのだ。野球のユニフォームは、人をかっこよく見せる。手足の長いやつは特に似合う。

おれの目の前に立っている男は、手も足も長かった。つまり、背も高い。おれほど若くないけれど、一般的には〝若い〟ストライクゾーンに十分入る年齢だろう。手が長く、足が長く、背が高く、若い。

ここまで条件がそろっているのに、ユニフォームが似合わない。まったく似合わない。水着と温泉に近い違和感をおれに与える。

なぜだろうか？　なぜだろう？

男があまりにひょろひょろ過ぎるからだろう。おれはさっき、風になびく柳の枝を連想してしまったけれど、まじまじと見詰めれば案山子だ。なんか、顔の小さな案山子がきちんとユニフォームを着込んで、田んぼの真ん中に立っている。そんな印象を受ける。ばんばん、受ける。でも、それだけじゃない。男が案山子の印象をおれにばんばんぶつけてくるからだけじゃないんだ。

じゃあ、なんだ？　この違和感はどこから来る？

おれは、男の正体や呼び止められた理由を詮索するより先に、この男はなぜここまでユニフォームにそぐわないのか、その答を摑むことに本気になっていた。

本気で考えた。

ずい分、長い間だった気がするけれど、たぶん、二、三分に過ぎなかっただろう。日は傾きもしなかったし、最終下校時間五分前を告げるチャイムも鳴らなかった。野球部のボールが足元に転がってきて、おれがそれを大遠投でホームベースまで投げ返し、グラウンドが一瞬静まり返るなんてことにもならなかったし、テニス部の打ちそこなったサーブボールが頭に当たって失神したものの、それがきっかけで下手くそなサーブを打った美女と付き合うようになる事態にも至らなかった。

さいとう高校のグラウンドは、さしたる大事件も事故も変事もなく、さいとう高校生たちの喚きや叫びや掛け声や笑い声、土埃や熱を孕んだ光に満ちたままだった。

　そうか。

　おれは閃いた。

　この人、野球とはまったく縁がないんだ。

　一生のうちで一度も野球のボールを握った経験がない、なんて男は、我が母国にはそういないだろう。けれど、皆無ではない。北欧のツンドラ地帯（北欧にツンドラってあるよな。おれ、歴史はそこそこ好きだけど、地理はまったくお手上げ状態なんで）に住む少年と同じくらい野球との関わりが薄いやつだっているんだ。

　目の前の男はきっとそういう部類に違いない。馬子にも衣装という諺があるけれど、あれは嘘だ。外見を幾ら整えても、今まで手を通したこともない衣装をまとえば、どうにもちぐはぐになるのが人間ってものだ。

　この男がどういう経緯でこんな格好をしているのか、おれには見当もつかないが、きっと野球の〝や〟の字も知らないんだろう。ボールなんて、軟式、硬式を問わず触ったこともないに違いなくて……。

　目の前を蝶々がふわりと飛んだ。

　アゲハ蝶だ。まだ羽化したばかりの春の蝶だ。

夏の蝶より一回り、小さい。

ふわふわと優雅に飛び去るアゲハ蝶を目で追う。その間に、おれは二つの事実に気が付いた。二つとも、かなり重大だ。

一つ目は、男が右手にしっかりとボールを握っていること。

しかも、まだ新しい硬式ボールだった。

二つ目は、男が何も言わず立ったままだということ。おれがあれこれ考えを巡らせている間、おれに話し掛けるわけでもなく、急かすわけでもなく、無言で立っていたのだ。

しかも、にこにこと笑いながらだった。

何者だ、こいつ？

おれの疑念は、やっと男そのものに向けられた。

「あの……おれに何か？」

「うん？」

男が小首を傾げる。

ぽっちゃり系の女の子が「うん？」と小首を傾げるのは、とても可愛い仕草ではあるが、ひょろひょろの男ではどうにも……と思ったけれど、男の小首傾げは、意外にも可愛かった。

おれの今までの人生の中で、小首を傾げる仕草が可愛いと感じた男は一良だけだ。一良の場合、顔が顔だから可愛くても仕方ないのだが、このひょろり男が可愛いのはなぜだろう？

あぁ、また「？」だ。

まったくこの男、歩くクエスチョンマークだ。

おれは、いつまでも（二、三分だが）ぐだぐだ考え続けるおれ自身にも、正体の知れないひょろり男にも、やたら湧いてくるクエスチョンマークにも、少々うんざりしてきた。なにより、こんな暑いグラウンドの上で、わけのわからんひょろり男と向かい合っている状況に、うんざりだ。これなら、面倒くさい先輩にいちゃもんつけられた方がマシだ、とまでは言わないけれど、ともかく、いい加減にして欲しい。

「うん？じゃないでしょう。失礼ですけど、ぼくに何の用があるんですか」

おれは丁寧に尋ねてみた。これは別に、おれが由緒正しい名家の生まれで、いまどき珍しいほど礼儀正しく育っている、からではない。おれには腹立たしさが募れば募るほど、言葉遣いが丁寧になってしまう悪癖があるのだ。妹の梅乃には、

「お兄ちゃんって、つくづくへんてこだよね。白濁温泉に藻が浮かんでいるみたい」

と、言われたことがある。わかるようでわからん喩えを連発するのは、梅乃の数多い悪癖の一つだ。夢はエッセイスト。いつか温泉と旅と昆虫と雲をメインテーマに据えて、全百巻を超える壮大なエッセイ集を出版したいのだそうだ。一冊一冊に、『登別』とか『別府』とか『草津』とか『有馬』とかの温泉タイトルをつけるとか。山田家的にはそそられるけど、冷静に考えれば、どう転んでも転がっても売れそうにない企画に思える。

ま、どうでもいいんだけど。

「用があるのなら、早くおっしゃってください。おれ、忙しいんで」

おれは、両足をやや広げ、肩をいからせて男を睨んだ。言葉遣いのわりに挑戦的かつ威嚇的な態度だ。腹を立てているのだから、当然です。まだ、『おれ』が『ぼく』に変わっていないので、さほどの怒りではない。因みに、「おれ、忙しいんで」の部分は嘘です。現在、帰宅部であり、カノジョいない歴更新中の身としては、この後、予定らしい予定は入っていない。

「うん？　あ、これはどうも。こちらこそ失礼しました」

男が、左手で帽子をとって頭を下げる。

軽やかな動作だった。

こんなに軽やかにお辞儀ってできるもんなんだなと、一瞬、感心。

帽子を取ると、緩やかなウェーブの前髪が現れた。耳のあたりの髪もゆる〜い曲線を描いている。パーマじゃなくて癖毛だと、おれは看破した。

パーマをかけたときみたいに〝おれこそがウェーブだ！〟という強引な押しだしではなく、〝すみません。わたし、曲がっています〟的な控え目な雰囲気があるのだ。

黒縁の眼鏡(めがね)をかけている。その眼鏡の奥で、わりに形の良い二重の目が笑っていた。

「あ、美術の先生……」

おれは、軽く絶句してしまった。

「えっと、あの、えっと」

えっとの後、口ごもってしまったのは慌てたからではなく、美術と先生との間に入る苗字(みょうじ)が思い出せなかったからだ。

えっと、えっと、山本は一良だし、山田はおれだし、木村(きむら)は中学でファーストを守っていた早雲（親父さんが、戦国武将フェチらしい。因みに木村の弟は忠勝で、妹は千姫と書いてチヒメと読むのだそうだ。凝ってるよね）だし、田中はライトで七番で渾名はポポちゃん（出処、不明）だし……えっと、えっと……。

「鈴木です」

男がにこやかな笑顔のまま、答えた。

「一年の美術担当、鈴木久司です」

「あ……どうも」

「はい、どうも。今日の三、四時間目、いっしょだったよね」

「はい、まぁ、そうでしたけど……」

今日の三、四時間目、おれたち一年三組は確かに美術の授業だった。確かに鈴木という教師が担当だった。確か、自分の指をスケッチするという内容だった。

「一本でも二本でも五本でも構わない。じっくり、よく見て好きなように描いてみよう。自分の指をじっくり見ることなんて、そうそうないだろう。普段、気にもかけていない自分の細部をじっくり見てみる。それだけでも、絵を描く意味があるんだよ。あっ、手の形をなぞるのは駄目だからね。自分の目で見たものだけを描くんだ」

授業の最初に、そういう意味合いのことを言われた。

細部を見ることに意味がある。

なかなか含蓄のある一言だなと、感じ入った。でも、おれ、指は毎日、飽きるほど見てるから。ものすごく、じっくり見てますから。

野球を続けるかどうか、正直、悩んではいるけれど、身体の手入れだけは怠っていない。

毎朝と夜の走り込みは続けているし、ストレッチも欠かさずやっている。風呂に入る度（走り込みの後、必ず風呂に入るんだ）に、指を一本ずつマッサージしながらまじまじと眺めるのも、ほとんど習慣になっていた。

我ながら長くて、しっかりとしていて、ピッチャー向きの指だと思う。自惚れではなく、客観的に判断していい指だ。

風呂に浸かりながらそんなことを考えるのは、未練だろうか。正直、おれは野球を未練の対象になどしたくないのだ。かといって、一良や早雲やポポちゃんみたいに、「当然でしょう」「予め決めていた通りに」とばかりに、さいとう高校の野球部にあっさり入部する気にもならない。

さいとう市立さいとう高校の野球部は、この国の大半の高校野球部がそうであるように、一度も甲子園出場の経験はない。地方大会で準々決勝進出が過去ベストの成績、それもたった一度きりというのだから、強豪校とはどれほどお世辞の上手いやつでも言えないだろう。ただ、ここ数年は必ず三回戦までは勝ち進んでいる。つまり、どうにもならない弱小野球部というわけでもないのだ。昔に比べれば、安定した力をつけてきたというところだろうか。三回戦を突破できるかどうかは、まだまだ微妙なんだろうけれど。

中途半端なんだよなぁ。

さいとう高校野球部がマジで強くて、甲子園を唯一の目標にしてばりばり活動してたら、おれは入部なんか小指の先っぽほども考えなかったし、甲子園など夢のまた夢なんて状況だったら、一良たちといっしょに「当然でしょう」と入部届を出していたはずだ。

あと一歩、じゃなくて、あと三歩、四歩がんばれば、甲子園も夢幻じゃないってスタンス、どうなんだろう。

おれ、強がりでも、格好つけでもなく、甲子園、そんなに興味ないし。野球は好きだけど、高校野球＝甲子園って構図には、なんかついていけない。むしろ、中学のときの流れで軟式をやりたいぐらいなんだけどなあ。

いいよなぁ、軟式ボールって。

白くて丸くてなーんとなく温もりがある。ぽっちゃりした顔立ちも性格も円やかな女の子みたいだ。硬式ボールみたいに、美人だけどツンツンした感じは微塵もない。

おれ、恋人にするなら絶対に軟式ボールタイプの女の子だ。間違っても硬式タイプとは付き合わないと思う。

話を美術の授業のところまで、戻す。

「いい指だね」

おれのスケッチを覗き込んで、美術教師の鈴木が呟いた。

「とても、美しい指をしているね、山田くん」

その声は、本当に呟きで多分、おれより他には誰にも聞き取れなかっただろう。

思わず机の上に広げていた左手を握り込んでいた。球が速いとか、コントロールが抜群だとか、投げる球を称されたことは度々あるけれど、指そのものを褒められたのは初めてだった。

しかも、美しいという形容詞で。

ちょっとどぎまぎしてしまう。

どぎまぎしている間に、鈴木はおれの背後を離れ、既に一良たちのグループ（おれは一班で、一良は三班）の後ろをぶらぶら歩いていた。こういうとき、おれ、まだガキだなぁとしみじみ悔しい。

「一度だけなら、舐めてもいいですよ」や「爪のお手入れに毎月、二万近くかけてるんです」ぐらいの切り返しはできないのかと、自分を嘲笑いたくなる。

教師にどぎまぎさせられたままだなんて、温泉旅館に泊まりながら（しかも、硫黄泉の源泉かけ流し）一度も風呂に入ることなく去らねばならない事態の十分の一ぐらい、悔しい。

そのくせ、ほんのちょっぴりだが嬉しくもある。

美しい指とは、強靭な指だ。

握力とか指先の力が強いとか、そういう意味じゃない。指先から美しく強靭なものを生み出せる、その力があるということだ。

例えば見事な一幅の画、染みいるような旋律、心に刻まれる物語、蕩けるほど美味い数々の料理、そして、胸のすくような一球。どんな打者も手が出せない、真っ直ぐな一球。

そんなものを生み出せる。

きみの指は、その一球を放てるのじゃないか。

「とても、美しい指をしているね、山田くん」

あの一言の裏に、別の声を聞いてしまうのはおれの自意識がそれこそ強過ぎるからだろうか。

まっ、自意識強くないとピッチャーなんか、やってないからね。

美術の時間がとりたてて好きなわけじゃないけれど、鈴木という教師は何となく心に引っ掛かる授業をするやつだなぁと、意識はしたかもしれない。

けれど、まさか、なんで、美術教師が野球のユニフォームを着て、おれの目の前に突っ立ってるんだ？　絵のモデルにでもなっているのか？

「暑いね」

鈴木が言った。そのくせ、顔のどこにも汗粒は浮かんでいない。

「そうですね」

おれは答えた。

「もう、帰るの」

「はい。そのつもりですけど」

「そう、けっこう早いね」

「はぁ、まぁ」

「暑さバテしてない」

「まぁ、まだバテるところまでは……」

「そうか、山田くんは見た目より、スタミナ、あるもんな」

「いや、まぁ……そうかもしれませんけど」

「スタミナ、あるでしょ」

「まぁ、人並みには……」

「それは謙遜だねえ。人並み以上にはあるよね」

「はぁ……」

　こいつ、何言ってんだ。

　このくそ暑いのに、人を呼び止めといて世間話かよ。ふざけんな。

　普段のおれなら、このあたりでムカつき、イラつき、切れかかり、

「申し訳ないですが、ぼく、とても暑いんです。汗がだらだら流れています。あなたが世間話をするために呼び止めたのなら、少しふざけていらっしゃいませんか」

　と、言うなり背を向けて相手が喚こうが、叫ぼうが、とっとと駆け去ったか、もっとセルフコントロールが利かなくなって、提げていたカバンで相手の横面を張り

倒していたかもしれない。

しかし、おれは、普段のおれではなかった。

丁寧語にもならず、駆け去りもせず、カバンを武器に使うこともせず、うなずいたり、かぶりを振ったり、訥々(とつとつ)と答えたりしているのだ。つまり、おれは少しも腹を立てていなかった。自分のおかれた状況にやや戸惑い気味ではあるが、ムカつきも、苛立(いらだ)ちも、怒りもちっとも感じていなかったのだ。

一つには、暑さがさほどでもなくなったからだと思う。さすがに、真夏の剛力な暑さとは違う。日が傾くにつれ、空気は涼やかになり始めていた。風が吹けばむしろ心地よい。『暑い』ではなく、『暖かい』のレベルに移行していた。

けれど、それはとても些細(ささい)な理由で、おれが律儀(りちぎ)にうなずいたり、かぶりを振ったり、訥々と答えたりしているのは、心地よいからなのだ。鈴木という教師の声音(こわね)はゆったりとして心地よい。物言いも高圧的な部分などまったくなく、かといって、卑屈に媚(こ)びる響きもまったくない。実に心地よい声音であり、物言いだった。心地よいときに、人はムカつきも、イラつきも、怒りもしない。

当然だ。

こんな心地よい、威圧感のない話し方をする教師に初めて会った。

「へぇ」という感じだ。

へぇ、こんなセンセもいるんだ。

「で、山田くん」

「はい？」

「投げてみない」

「はい？」

「マウンドから、投げてみない」

「マウンド……おれがですか」

「きみが、です」

おれは一歩半、後ろに下がった。逃げ出すためでも攻撃するためでもない、鈴木センセをじっくり眺めるためだ。

おれは後ろに下がり、鈴木センセをじっくり眺めた。『マウンド』なんて、聞き慣れた上にも聞き慣れた野球用語だ。それが、鈴木センセの口から漏れると、まったく未知の場所を示したように聞こえたから不思議だ。

で、山田くん、宇宙ステーションから、投げてみない。

と言われたのと同じ感覚、かな。

「先生」

「はい」

「何でそんなこと、言うんです」

「何でとは？」

「マウンドというのは、ピッチャーが立つ場所なんですよ」

「そうだ。だから、きみに声をかけたんだけど」

「ピッチャーというのは、投手なんです」

「うん、そうだね」

「投手っていうのは、球を投げる者のことです」

「うん。わかってるよ。だから、きみに投げてみないって言ったんだけど。山田くん、ピッチャーでしょ」

ふーん、まるっきり野球を知らないわけじゃないんだ。少なくとも、ピッチャーがどういうポジションか、マウンドがどういう場所かは知っているようだ。しかも、おれがピッチャーだったことを知っている。

「先生」

「はい」

「先生は、野球を知ってるんですか」

単刀直入に尋ねる。

鈴木センセは、うーんと一声、低く唸った。

「厳しい質問だな」

「そうですか」

「厳しいよ。野球を知っているかどうか。うーん、どうだろう。うーん、厳しいな」

鈴木センセはボールを握ったまま腕組みし、何度も低く唸った。

「いや、先生、別にいいんです。そんな真剣に答えてもらわなくても、全然、問題ないですから。ほんとに問題ないですから」

「いや、厳しい質問だからこそ答えなきゃいけないんだが。うーん、野球ねえ。知っているのか、知らないのか」

「いや、あの、だから、ルールとかは……」

「ルールなら知ってるけど」

「あ、そうなんですか」

「意外そうだね」

「いやぁ……」

意外だった。こんなにユニフォームが似合わないのに、ルールとかちゃんと知ってるんだ。

鈴木センセの視線が、おれから逸れて、宙をふわりと彷徨った。

「何にも知らないんだろうな」

「は？」

「野球について、何を知っているかと問われても、答えようがないよ、山田くん」

「はぁ」

いや、おれ的にはルールを知っていると答えてもらっただけで十分なのだ。それ以上、何にも望んでいない。

「野球は深いからねえ。ぼくなんかには計り知れないもののような気がしている」

「はぁ」

「うん、だから、申し訳ないけどほとんど何も知らないとしか、言えないな。情けないけど」

別に、情けなくはない。

おれだって、野球について何程のことも知らないけれど、それを恥ずかしいとも情けないとも思っていない。知らないのに、知った風な口を利くやつこそが恥ずかしいし情けない。自分が何も知らないことすら知らず、知ったつもりでいるやつは、なお恥ずかしいし情けない。野球に対して（野球だけじゃないだろうけど）人は謙虚であるべきだ。

「けどね」

鈴木センセの視線が不意にぶつかってきた。ビリッときた。

「強くなる方法なら、よく知ってるよ、山田くん」

「え？」

鈴木センセの指が眼鏡を押し上げる。口元に微かな笑みが浮かんでいた。

不敵な笑みだった。

今までの謙虚さが木端微塵に吹っ飛ぶ。

「野球についてはほとんど何も知らないけど、野球に強くなる方法なら熟知しているつもりだ」

おれは、口元を引き締め、顎を引き、鈴木センセと目を合わせた。

何者だ、こいつ？

と、また思った。けれど、最初のときのような余裕はなかった。背筋の辺りがぞくりと寒くなる。完全におれの方が押されている。

「で？　どう？」

「は……」

「マウンドから投げてみない。中学のときみたいに」

おれはとっさに、かぶりを振った。はっきりとした拒否のポーズだ。頭を振り過ぎて、一瞬、目眩（めまい）がした。けっこう、おれ、必死になってる。予感がしたのだ。ここできっぱり拒否らなければ、えらいことになるぞという予感が間歇泉（かんけつせん）のごとく、おれの内に噴き上がってきたのだ。

「嫌です」

念のためにポーズだけでなく、言葉でも拒否を伝える。

「どうして？」

眼鏡の奥で形の良い目が見開かれる。

「いや、おれ、もう野球、止（や）めたんです。高校に入ったら部活、文化系にしようかななんて考えてて……」

「美術部とか」

「いやあ、書道部か天文部にしようか迷ってるとこです」

「うちには、書道部も天文部もないけどね、山田くん」

「あっ、そうなんですか。それはがっかりだ。じゃあ思い切って、温泉同好会とか作ろうかな」

「温泉、好きなんだ」

「そりゃあもう、好きで好きで」

「山田くんなら、そうだな……硫黄泉が好みなんだろう」

「あたり。よく、わかりましたね」

「うん、なんとなくね。じゃあ、登別なんか堪らんだろうな」

「堪りませんね。想像しただけで、ぞくぞくしちゃいます」

「城崎温泉はどう？」

「城崎ですか。あそこは、確か塩化物泉ですよね。ちょっとパンチに欠けるけど、いいっすね」

「有馬温泉は？」

「有馬は含鉄泉か。名湯中の名湯ですもんね、まだ行ったことないもんで、是非、一度は行ってみたいです」

「どちらも兵庫県なんだ」

「あぁ、そうですね」

「城崎は豊岡市、有馬は六甲山地の北麓にある。知ってた？」

「知ってました」

「さすがだな」

「ありがとうございます」

「地理が得意なんだ」

「まったく駄目です。温泉についてだけは、地名や地形がすっぽり頭に入るんですけど。ほんとに、温泉についてだけなんです」

「それは、おもしろいな」

「おもしろいですね」

おれ、美術の教師と何で温泉談義なんてやってるんだ。

「どうだろう、山田くん」

鈴木センセの目が笑う。

警戒警報。おれの頭の中で、サイレンが鳴る。とてつもなくヤバい状況だぞと、鳴り響く。

「甲子園への出場を記念して、みんなで有馬の湯に浸かりに行くってのは。なかなかに、魅力的な計画だろう」

おれは、口の中の唾を飲み込んだ。

「みんなって、誰ですか」

「野球部の面々だ」

「野球部の面々と甲子園出場を記念して、有馬温泉に行くわけですか」

「そうそう」

「それ、甲子園に出る、つまり地方大会で優勝することが前提になってますよね」

「もちろん」

「うちの野球部、そんなに強くないでしょう」

「これから強くなるんだ」

鈴木センセは手の中でボールをくるりと回した。それをおれに向かってひょいと投げる。おれは、反射的に手を差し出した。硬式ボールが手のひらに納まる。ひやりと冷たい感触がした。赤色の縫い目が鮮やかだ。

「先生」

「はい」

「もしかしたら、もしかしたらなんですけど」

「うん、もしかしたら」

「もしかしたら、野球部の監督……なんじゃないですよね」

「いや、監督だけど。あれ、山田くん、知らなかった？」

「知りませんでした」

声が掠(かす)れる。そんな馬鹿な。こんなにユニフォームが似合わないのに、監督？

あり得ない。

おれは、硬式ボールを握ったまま、さいとう高校野球部監督と対峙(たいじ)していた。

さいとう市立さいとう高校野球部について、おれはさらにさらに語る。

その三、鈴ちゃんのペースにおれ、ヤバいと感じる

気を取り直す。

気を取り直したら、口の中が乾いていることに気が付いた。たぶん、ぽっかり半開きにしていたのだ。

うわっ、最低の間抜け面だ。

恥ずかしい。

目の前に立っているのがまったく野球のユニフォームにそぐわない男で、まだ、よかった。これが、若くて、ぽっちゃりしていて、本人は太めの脚を気にして長めのスカートとかダボってるパンツしか穿(は)かないんだけれど、本当はミニスカートが

すごく似合う女の子だったりしたら、おれは動揺のあまり、自分の間抜け面の上に石膏を塗りたくっていたかもしれない。

石膏と言えば、この世には泥湯というものがある。温泉といっしょに泥が湧き出ているとかで、別府とか秋田の後生掛温泉が有名だ。知ってる? おれは、まだ、一度も体験したことがない。親父もまだ未体験だ。我が母、山田ソフィア富士子さんと我が妹、山田梅乃だけは、抜け駆けして別府泥湯ツアーなるものに参加した。親父が出張、おれが中学の修学旅行に出かけた隙を狙っての、悪行、非道だ。

「だって、泥湯ってお肌つるつるになるんだもの。やっぱり女のための温泉よ。ねえ、梅ちゃん」

「うん。ほんと。何かねえ、温泉に浸かるっていうか、泥に埋もれるっていうかちょっと不思議な感覚だったよね、ママ」

なんて、しゃあしゃあとほざく。

普段は妻と娘に首ったけで、めろめろ、あまあまな親父が珍しく憤り、威勢のいい啖呵をきった。

「勇作」

「おいっす」

「向こうが別府なら、こっちは秋田だ。後生掛に行って泥湯と一体になるぞ」

「おうっ。親父、それでこそ男だぜ」

「あったりめえよ。こちとら、温泉に命をかけてんだ。女、子どもふぜいに抜け駆けされて、黙っていられるかってんだ。べらぼうめ。江戸っ子をなめんじゃねえぞ」

いっとくけど、親父は旧斎藤町の出身で江戸とも上方とも豊後とも出羽ともまったく関係ない。何でここで、江戸っ子を気取るかなあ。気取るとかなりの確率で足を掬われる、と思うけど。

あんのじょう、梅乃の眸がキラリンという感じで光った。

「パパ、女、子どもふぜいってどういうことよ」

「え？　は……」

「見損なったわ、パパってそんな目であたしたちを見てたのね」

「は？　いや、そんな目って。その……」

「たかだか女、子どもって見下してたんでしょ。やだ、最低」

「いや、まさか、そんな。梅乃、梅ちゃん。パパが梅ちゃんやママを見下すなんて、そんなのあるわけないだろう」

「だって、ふぜいって言ったじゃん。ねえ、ママ」

「そうねえ、そう聞こえたけど」

「いやだから、それは『この風景は、本当に風情があるなあ』の風情で、別に見下したとかそういうんじゃないんだ。頼むから、誤解しないでくれ」

　親父は瞬く間に守勢に回り、ひたすら謝っている。結局、父と息子、男二人の泥湯強行ツアーは撤回され、後生掛への家族旅行に変更となった。ところが、その予定当日、超大型台風がさいとう市（を含む地方）を二十年ぶりに直撃し、そのまま北上、翌日には東北が大荒れの天候となった。かくして、家族旅行も泥湯ツアーも頓挫、夢のまた夢と消え去ったのだ。おれと泥湯はよくよく縁がないらしい。

　家族旅行はどうでもいいけれど、泥湯には未練が残る。いつか、必ず（近いうちに）泥湯を体験するぞ。こうなりゃ、全国に約十ヵ所あるという泥湯を全て制覇してやる。縁がないと諦めれば、それまでのこと。縁がなければ、力尽くで引き寄せるのみ。

　待ってろよ、泥湯。

　後生掛、最初の標的はおまえだ。覚悟しろ。

　あぁ、おれってほんと、攻めキャラだよなあ。

「勇作って、間違いなしにピッチャー向きだよなあ」

一良がしみじみと言ったことがある。

「そうかぁ」

「そうさ」

「どんなとこが」

軽く首を傾げ、一良はゆっくり指を折り始めた。

「まずは、けっこう前向き。あんまり、へこまないよな」

「まあな」

幼稚園の時の〝久実ちゃん告白&おれゲロ事件〟は、けっこうへこんだ。けど、それをまだ覚えていて、「おれ、引き摺(ず)ってんなあ」と感じるってことは、〝久実ちゃん告白&おれゲロ事件〟を上回る衝撃に遭遇していないってことだ。

確かにへこみにくい性質(たち)かもしれない。

「それに、攻撃的だよな。あ、乱暴とか喧嘩っ早いとかって意味じゃなくて、攻撃的。逃げるより攻めちゃえってカンジ」

それも、確かに。

人間、攻めてなんぼだみたいな考え、してるかも。

「そーいうの、絶対、ピッチャーキャラだろ。おれなんか、逃げるが勝ち、急がば回れってキャラだからなあ。ピッチャーなんて、絶対、無理だよな」

「ピッチャーやりたいのか」

「やりたくない。キャッチャーがいい」

「じゃあ、いいじゃん」

「うん。いい」

「それと、急がば回れは、話の流れ的に関係ないと思うぞ」

「そっか、関係ねえよな。けど、何か好きなんだよな。急がば回れっての。心が落ち着くっつーか、棚から牡丹餅（ぼたもち）より、ずっといいなあって思う」

「二つ比べる意味がよくわかんねえけどな」

部活の帰り、一良とはよく、こんなちょっと聞き真面目なようで、よーく聞くと馬鹿馬鹿しい会話を交わしながら歩いたもんだ。

このところ、おれが帰宅部にあまんじているものだから、一良との真面目なようで馬鹿馬鹿しい会話とも、ご無沙汰だ。

帰宅部も楽なようで、何となくわだかまりがある。中学時代、ずっと野球やってて、放課後さっさと校門出ちゃうのに慣れてないからだろうなあ。なんか、忘れ物をしたような、人目を忍んで逃げ回っているような落ち着かない気分になる。

うん？　でも、今、帰宅部の話じゃないよな。えっと、一良の話でもなくて、泥湯の話題でもなくて（泥湯がテーマなら山田家では、一昼夜に亘る会話、論議ができる）、もちろん石膏でもなくて、ぽっちゃりとした太めのきれいな脚とミニスカートも関係なくて……。

「さいとう高校野球部監督、鈴木久司です。改めて、よろしく」

右手が差しだされた。

ひょろりと長い指と細い手首だった。まあ、体形が案山子もどきなんだから、指や腕だけががっしり逞しかったら、象が後ろ脚だけピンヒール履いてるみたいで、変てこなんだろうけど。

喩え、拙かったかな？

「はあ……」

差しだされた右手を握るべきかどうか、迷った。

どんなガタイをしていても、ひょろっこかろうが逞しかろうが、今は、野球部監督って部類の人間と握手をする心境じゃない。正直、〝監督〟と聞くだけでむかつく。〝監督〟なんて墨書を見ようものなら、強度の頭痛に見舞われ倒れてしまうかもしれない。

映画監督とか舞台監督なら、問題ないけど。サッカーもラグビーも問題ない。野球部監督ってのが、ほんと嫌だ。

けっこう、傷は深いなあ。

しかし、「よろしく」と差しだされた手を無視するなんて、あまりに非礼すぎる。おれは、優等生でも道徳家でもないけれど、人間としてのルールは厳守したい方だ。時々は負けちゃって、守り通せないこともある。正直に告白する。けっこう負け続けもした。それでも、ルールはルールとして、おれの中に存在している。

弱い者を泣かさないとか、女の子を大切にするとか、盗みをしないとか、野菜を積極的に食べるとか、いばらないとか、挨拶されたらよほどの理由（ぼんやり考え事をしていて気がつかなかった。まったく見知らぬ相手で、明らかにヤバいと感じた。みたいな）がない限り、きちんと返すとか、他人を騙さない（適当な嘘をつくのは、ぎりぎりセーフ）とか、どんな意味でも借りは必ず返すとか、大勢で一人を攻撃しないとか、まぁいろいろある。

「よろしく」と差しだされた手を無視するのは非礼であり、おれの生き方に反する。それで、おれは「はぁ、どうも」と口の中でむにゃむにゃ呟き、鈴木センセ

（監督とは言いたくない）の右手を握った。ぐっと鈴木センセが握り返してくる。それならと、おれもさらに強く握り返す。

「うおっ」

握り返したとたん、鈴木センセの顔が歪んだ。

何だ？

「いや、痛い。かなり、痛い」

鈴木センセは手を放し、長い指をひらひらと振った。

「さすがの握力だね、山田くん」

「いや、別に……」

「ぼくも握力には、わりに自信があったんだけど、やっぱり、ちょっと敵わないな」

「いや、それほどでも」

「握力、どのくらいあるんだろうね」

「さあ？」

入学して間もなく、健康診断と体力測定が一日かけて実施された。

身長、体重から反射神経や柔軟性まで、あれこれあれこれ調べるために、跳んだり、投げたり、転がったりしたものだ。

　そのとき、握力も測ったけれど、数値忘れちゃった。記録していた二年生の保健委員が「へぇ」とか「うおっ」とか叫んでたから、かなりの数字だったんだろう。でも、こと握力にかけちゃ、おれなんかより一良の方がよっぽどすごい。やつの握力はローランドゴリラなみだ。ローランドゴリラの握力、どれくらいか知らないけど。

　小学生と間違われそうな童顔でありながら、ローランドゴリラに匹敵する握力(あくまで推測)を持つとは、恐るべし山本一良。

「山本くんがね、気持ちがいいって言ってた」

「はい？」

「山本一良くん、知ってるだろう」

「一年三組の山本一良なら、よく知ってます」

「そう一年三組の山本一良くん。一年二組と二年三組にもヤマモトイチロウくんがいるけど、ぼくの言ってるのは一年三組で野球部員の山本一良くんだ。幼馴染なんだってね」

「はい」

「中学時代、ずっとバッテリー組んでたんだろう」

「正確には小学校の五年生からです。地元の少年野球チームに入ってましたから」

「あぁ、そうか。けど、いいね。幼馴染でバッテリー。かっこいいよね。スポーツマンガの設定みたいで」

「現実の設定ですけど。一良が何て？」

「そうそう、山本くんが言うのにね、とても気持ちがいいんだって、山田くんの球を捕るの。受けた瞬間にスパーンって感触があって、それがすごく好きなんだそうだ」

「一良が、そんなことを……」

「言ったよ、確かに。『勇作の球って、なんつーか、こう生きてるって感じがして、そこんとこが気持ちいいっつーか、最高です』って」

不覚にも、おれは噴き出してしまった。鈴木センセの声色が、一良そっくりだったからだ。いや、そっくりじゃなくて、すごく上手く特徴を捉えて、デフォルメしてあって、もう笑うしかないってとこまで追い込まれる。

「似てるだろう」

鈴木センセがにやりと笑った。

「似てます」

声を上げて笑っちまったんだから、認めるしかない。

「むちゃくちゃ似てますよ、先生」

「だろ。特技、声帯模写。履歴書に記入できると、密かに自負してるんだが」

「密かにじゃなくて、堂々と自負してください。すげえ特技ですよ」

「ありがとう。因みに『あーみなさん、おはようございます。うん？　聞こえたかな。おはようございます』って、誰かわかる？」

「校長！」

叫んでいた。さいとう高校の校長は、朝礼のたびに挨拶を必ず「あーみなさん」云々で始めるのだ。

いや、もうおかしい。最高だ。

おれは、しこたま笑って、笑い涙まで滲ませてしまった。その涙を指の先で拭いたとき、まったく別の涙が零れそうになった。

一良、そんなこと言ってくれたのか。

一良とは、ずっと一緒だった。ずっと一緒に野球をやってきた。一良はずっと、おれの球を捕り続けてくれたわけだ。おれは気短だし、気紛れだし、他のやつには多少は気を遣うのに一良に対しては、まったく遠慮とか気配りとかしないし……要するに、かなり自己中な付き合い方をしてきた。

一良だから、我慢してくれたんだと思う。あいつは、粘土状の泥湯みたいに粘り強くて、温泉卵みたいに我慢強い。ごめん、まったく意味の無い喩えだけれど。

さいとう高校に入って、野球から少し距離をおいたおかげで、そういう諸々（もろもろ）が見えてきた。

おれ、少し一良に甘え過ぎてたんだと思う。こいつなら、多少の甘えや我儘（わがまま）、全部受け止めてくれるなんて、信頼してるふりをして甘えてた。同級生にだぜ。かなり、恥ずかしい。アホだ、おれ。

一良との間に特別に何かがあったわけじゃない。決定的な喧嘩をしたわけでも、バッテリーを組むのが重荷になったわけでもないんだ。むしろ、一良はさいとう高校野球部でさらに三年間、おれとバッテリーを組むつもりでいた。百パーセントその気でいた。だから、おれが野球部に入部する気がないと知ったとき、ひどく驚いたし、ひどく怒った。

あんなに憤った一良の顔、初めて見た。長い、長い付き合いなのに初めて見た。

もっとも、一良は顔を真っ赤に染めて、唇を嚙（か）んで、俯いて、「なんでだよう。

なんでなんだ、勇作」と三度、繰り返しただけなんだが。それだけで、一良が今までの人生の中で最大級に怒っていると察せられた。

あれから、一良とはあまり口を利いていない。どちらかがどちらかを、あるいは両方ともが相手を無視してるって感じじゃない。「よう」とか「はよっす」とか「じゃあな、バイ」とか、短い挨拶ぐらいはちゃんとする。中学のときも、そんなにべったりしてたわけじゃないから、傍から見れば、それほど変わったようには見えないかもしれない。

でも、ぎくしゃくしている。

かなり、ぎくしゃくしている。

よくよく考えれば、おれたち、これまで喧嘩とかしたこと、ほとんどなかったんだ。それは、九十七パーセントぐらい一良のおかげだ。そして一パーセントはそういう巡り合わせになっていたんだと思う。おれが何故かいらいらしている日に限って、一良がインフルエンザで寝込んでいたり、おれが怒っている相手や事に、一良も同じぐらい腹を立てていたり（表現方法はまるで違うけど）とか、そんな具合だ。それでもって残りの二パーセントは梅乃と温泉の力。

おれが、つまんないことで頭に来て一良に八つ当たりして、自己嫌悪で落ち込んで、つまんないことで頭に来る自分にも、すぐ一良に八つ当たりする自分にも、ぐじぐじ悩んでる自分にもうんざりして、またいらつく。そんな負のスパイラルの中で悶々としてたころ、梅乃に言われた。

「お兄ちゃん、ムカついたときとか辛いときってさ、ドウゴアリマノボリベツ、クサツベップイズアタミ、ユモトハコネナスザオウって唱えると、落ち着くよ」

梅乃は自分の胸を押さえ、ちょこっと笑って見せた。妹の笑顔なんて何の感慨もなく毎日接していたのに、そのときだけは、胸に突き刺さった。

おまえ、そんな笑い方しなきゃならないほど、辛い目にあってるのか。

喉元まで出かかった一言を辛うじて、飲み下した。それが首の付け根のあたりに引っ掛かり、息を詰まらせる。

言葉って実体があるんだと思った。

梅乃はおれより濃く祖母ちゃんの血を引いている。日本人とは言い難いほど肌が白いし、目鼻立ちがくっきりしている。彫りが深いってやつだ。ペテルブルクの通りを散歩している分にはさして目立ちもしないのだろうが、さいとう市の駅前商店街をぶらついていると、かなり浮いて見える。

あら、あの子、周りと違うわね。

わたしたちとは違うんじゃない。

つまり、異物。

そんなふうに感じたとき、人って生物は異物を受け入れようとするより、本能的に弾き出そうとするものらしい。大人はそのあたりを巧みにカムフラージュできるし、本能を理性で抑え込むことができる。けれど、子どもってのは正直で、正直な分、残酷だ。

「梅乃ちゃんは他所の国の人だから、遊ばない」

と、幼稚園で露骨に仲間外れにされ、梅乃が泣いていたのを覚えている。おれは、無性に腹が立って（子どものころから気が短かったんだ）、ふざけんな、そいつらをぶん殴ってやると本気でこぶしを握った。今のおれのこぶしに比べると、一回りも二回りも小さな迫力のないこぶしだったけど、怒りにぷるぷる震えていたのをはっきりと覚えている。怒りだけじゃなく怖くもあったんだと、今にして思う。おれにも祖母ちゃんの血は受け継がれている。それを否定されることは、おれ自身を全否定される気がして、怖くてたまらなかったのだ。

憤怒と恐怖が綯い交ぜになって、小さなこぶしを震わせる。「梅乃を泣かせたやつを絶対、殴ってやる」なんて、兄貴の鑑のような科白を呟きもした。ちっちゃいときから短気だっただけでなく、格好つけだったみたいだ、おれ。おれより先に親父が、「ふざけんな。そいつらをぶん殴ってやる」と雄叫び（おたけび）をあげて玄関を飛び出しそうになり、おふくろが「やめて、柳一さん。子ども相手に喧嘩してどうするの。勇作、止めて、勇作」なんて叫ぶものだから、どういうわけか、親父の胴体にぶらさがって「パパ、待って、待って、だめだよ」なんて止め役に回っちゃったけど。

話がずれるかもしれないけど、そのとき、あんまり必死にぶらさがったものだから、親父のズボンが破けて、おれは勢い余って転がり、たまたまそこに置いてあったガラスの人形ケースにぶつかり、ガラスを割り、その破片で額を切り、大出血した。

「きゃあ」

「勇作」

「お兄ちゃんが、死んじゃう」

「勇作、気をしっかり持て。タオル、タオル、タオルを持ってこい。勇作、タオルだ。『タオル織り織り生産地は今治（いまばり）』って言ってみろ、言えるか。気は確かだな」

「タオル、織り織り……」

「柳一さん、なに馬鹿なこと言ってるの。そんな早口言葉より病院よ、病院に運んで」

「早口言葉じゃないぞ」

「もしもし、もしもし、救急車お願いします。住所は今治……ちがいます。今治じゃなくてさいとう市さいとう町二丁目五の九九六の山田です、山田。息子がたいへんなんです」

「お兄ちゃんが、死んじゃう」

おれは救急車で病院に搬送され、三針も額を縫った。今でも、うっすらと痕が残っている。前髪で隠してるけどね。

そんなこんな、どたばたどたばた、てんやわんやで、梅乃の件はうやむやになってしまった。

話がずれて、ごめん。

けどまあ、子どもって正直で残酷だけれど、純でもある。肌とか眸の色なんてまったく関係なく、「梅ちゃん、優しいから好き」「お歌が上手だから、すごい」とか梅乃自身を認め、受け止めてくれる子たちがちゃんといて、梅乃を支えてもくれたのだ。

けどけど、やっぱり梅乃なりに辛かったりやりきれなかったりってこと、あるんだろうな。そういうの、ずっと付いて回るのかもしれない。もう、幼稚園児じゃない梅乃は、泣いて親に訴えるんじゃなく、辛さもやりきれなさも自分の力でぐっと心底に押し込んで、家族の前では陽気に振舞う。ドウゴアリマノボリベツ、クサツベップイズアタミ、ユモトハコネナスザオウと呪文を唱えながら耐える。

そんな術（すべ）を身に付けた。

梅乃に教えられ、おれは警戒水域を越えそうな怒りを覚えたときは、一息吸って、吐いて、

ドウゴアリマノボリベツ、クサツベップイズアタミ、ユモトハコネナスザオウ。

と唱えてみる。

驚くほど効能があった。

ドウゴアリマノボあたりで、すでに湯煙と硫黄の匂いが感じられ、リベツ、クサツベップイズのところでは身体に染み込む温泉の熱が感じられ、ナスザオウと唱え終わったところでは、露天風呂から見上げる空の広がりまで感じられた。

自分の怒りと距離を置き、客観的に眺められる余裕が生まれた。今でも、おれはたまに唱える。

ドウゴアリマノボリベツ、クサツベップイズアタミ、ユモトハコネナスザオウ。

ああくそ、温泉に入りてぇ。

おれは洟(はな)をすすりあげた。

温泉が恋しかったからではない、一良の心根が嬉しかったからだ（やっと、鈴木センセの物真似のところまで帰ってきました）。

おれのことを、おれの球のことをそんなふうに語ってくれたことが、嬉しい。ありがたいし、誇らしい。

一良、おまえに感謝。

おれは、自分のことをそこそこのピッチャーだと思っている。中学二年のとき、県大会の決勝まで進んで、2対1で負けたけれど、それまでの試合全てを一人で投げ切って、防御率は1点台だった（1・87だったかな。2点に近いけど、まあぎりぎり1点台でしょ）。直球はかなりの球速があるし、カーブもけっこう曲がる。

いいピッチャーだ。

そう言われる部類には入るだろう。中三になってからは、私立高の野球部のスカウトみたいなおっさん（みたいじゃなくて、本物のスカウトだったんだろうが）に、声を掛けられることが何回かあった。「山田くん、うちの高校で甲子園、目指さないか」と。

おれは、それぐらいのピッチャーでしかないとも言える。

いいピッチャーなんて、この国にはごまんといる。しかも、おれはいいピッチャーの上限にいるんじゃなくて、真ん中あたり、まぁそこそこにいいねえのレベルだ。

よく、わかっている。

誤解しないでもらいたいけど、おれは自分の限界を感じ取って、へたれて、諦めて、すねて、野球から目を背けてるわけじゃない。

野球は好きだ。

本気で、真面目に、純粋に好きだ。

おれにとって、野球は勝つとか負けるとか、甲子園とかに繋がるものじゃない。そういうものとは切り離されて、野球そのものが好きだった。そこのところ、上手く説明できないのが歯痒くもあるんだけど、いくら言葉を尽くしても、おれの語彙力じゃどんぴしゃど真ん中の説明、できないんだよな。

野球がおもしろくて、楽しくて、その結果として甲子園があるのなら楽しい。けっこう、楽しい。かなり、楽しい。けど、甲子園そのものが目標になってしまったら、やっぱり、それ間違ってるでしょうと、おれ的には言いたい。

エッチしたいから女の子と付き合うのは邪道だ。付き合って好きになったからエッチしたいって欲が出てくる。それが、正当な女の子との付き合い方だ。

野球だって同じ。まず甲子園ありきなんて、野球に対して礼を欠くと思わない？思わないか、おれは思っちゃうんだけど。

思っちゃったり、言いたいだけで、そんな気持ちを誰かに押し付けようなんて考えてはいない。押し付けちゃったら、その時点で、気持ちって嘘になる。偽物になる。だから、「いいか必ず甲子園に行くぞ。そのために、死に物狂いで野球をやれ」ってとばされた檄に、「おうっ」と威勢よく応える気にはとうていなれない。それも一種の押し付けだろうって反発してしまう。

むろん、甲子園のための野球も野球の一つだとは、認める。おれには合わないって、それだけ。

そんな、中途半端なおれの球を最高だと、一良は言ってくれた。

一良、やっぱ、おまえに感謝。

ちぇっ、マジで泣けそうだ。

おれ、髪の毛も眸も肌も、色素が薄いから、クールに見られがちだけど、案外に熱い。感情が大きく揺れる。

気短だし、涙もろいし、感激屋だ。一良の方が、よほど冷静な性質だ。

眉毛がもじゃもじゃ（高校に入って、手入れをするようになった）で、ぎょろ目で、いかにも熱血漢風の早雲の方が、おれよりずっと冷めてるとこがあるぐらいだ。

ちくしょう、涙、止まれ。

高校野球部の監督の前で泣いたりして、たまるかよ。

「それで、どうだろうか？」

鈴木センセが言った。

アゲハ蝶がまた、ふわりとおれと鈴木センセの間を飛んで、鈴木センセの頭に止まった。さかんに尻の辺りをうごかしている。まさか、山椒の木と間違えて、産卵してるわけじゃないよな。

「どうって？」

「一緒に野球をやって、一緒に甲子園に行って、一緒に有馬温泉に入らないか」

「甲子園、興味ないんです」

「有馬温泉には、あるだろう」

「ものすごくありますけど、甲子園に出なくても有馬温泉には行けますから」

「けど、甲子園に出場したら、費用全額、校長のポケットマネーから出してくれるそうだ。出場だけだぞ。優勝しなくても出場だけで、有馬温泉一泊二日。ぼくとしては優勝して行くつもりだけど」

「そんな約束してるんですか」

「してる、してる。しかも、さいとう高校野球部で露天風呂半日貸し切り、マッサージ付きって条件だ、どう？」

「最高ですね。かなりの額になるんじゃないですか」

校長って、どのくらい月給もらってんだろう。ボーナスまではたくつもりか。

「なるなる。まあ、向こうとしたら冗談半分、いや、冗談ぜんぶ。まさか、うちの野球部が甲子園に出られるなんて、まったく信じてないらしいからな」

「まあ、そういうもんでしょうね」

さいとう高校野球部の歴史に鑑みれば、甲子園は遥か遠い山の彼方にある。校長でなくても、冗談にしてしまうだろう。

「ところが、ぼくは本気なんだ」

鈴木センセはにやりと笑った。

また、あの不敵な笑みだ。

「まったくもって、本気なんだよ、山田くん」

「そうですか」

蝶がひらりと飛び立つ。

何だ、山椒じゃなかった。

そんな飛び立ち方だった。

「じっくり考えてみてよ」

鈴木センセの視線が、蝶を追う。昆虫大好き少年のような眼差しだ。夏が来るのが嬉しくてたまらない眼だ。

「焦らないでいいから。いつまでも、待ってるから考えてみてよ。山田くん。考えてやっぱり嫌だってことなら、諦めるからさ」

「はぁ……」

何だ、この押しつけがましさのまったくない物言いは。とても、スポーツ系の監督の言葉じゃない。

「だけど、できればみんなで一緒に行きたいよね、有馬温泉」

甲子園じゃなくて有馬温泉ですか、センセ。

「けど、行けますかね。有馬温泉」

「さっき、言ったろ。ぼくは野球についてほとんど何も知らないけれど、強くなる方法なら熟知しているって」

三度(みたび)、鈴木センセはにやりと不敵に笑った。それから、

「じゃあ、引きとめてごめんね」

と、背を向けた。

なんか、かっこいい。

ユニフォーム、全然似合ってないのにかっこいい。

おれはぶるぶると頭を振った。

すっかりペースにはめられている。

鈴木センセって、めちゃくちゃ得体が知れない。

山椒の精だと言われても、信じるかもしれないな。

おれは、遠ざかるひょろい背中を暫(しばら)く見送っていた。

その夜、一良が訪ねてきた。

突然に訪ねてきた。

さいとう市立さいとう高校野球部について、おれはまだ語る。

その四、一良の訪問におれ、さらにヤバいと感じる

その夜、一良が訪ねてきた。

突然に訪ねてきた。

一良は、玄関のチャイムを押し、応答がないので玄関のノブを引くと、ドアが簡単に開いたので、「すんません。おじゃましまーす」と声を掛けて、来客用のスリッパ（山代温泉のホテル売店で買った）を勝手に履いて、開けっ放しになっていたリビングのドアから中に入って来て、「うーっす。お久しぶりっす」とわざと男子高校生っぽい挨拶をして、頭を軽く上下に振った……そうだ。

そうだというのは、おれがまったく一良に気が付かなかったからだ。おれも、お

ふくろも、親父も、梅乃も気が付かなかった。

　それどころではなかったのだ。

　その夜、おれたち山田一族（四人だけだけど）は、この夏の旅行地を決めるべく、侃々諤々（かんかんがくがく）の議論の真っ最中だった。

「まずは、日程の問題だ」

　親父が口火を切った。しかし、おふくろが立ち上がり異議申し立てをする。

「日程より予算が先でしょ。それによって、動ける範囲が決まってくるし」

「ああ、そうだね。富士子さんのいうとおりだ」

　おふくろには、砂糖菓子のチョコレートがけよりさらに甘い親父は、早速に予算編成に入った。結果、山田家の旅行費用は前年並みに落ち着いた。この不況下、まぁありがたい話ではある。おれとおふくろと梅乃は、惜しみない拍手を親父に送った。

「いやいや家族と温泉あっての、山田柳一。これからも、家族と温泉のためにがんばります。ありがとうございました」

　親父は満面の笑みを浮かべ、ひらひらと手を振った。

「頼もしいわ、柳一さん」

「いやいや、照れるじゃないか。富士子さんこそ、いつも家族のために働いてくれて感謝だよ」

「あたし、パパの娘でよかったぁ」

「梅乃、おまえ、何てかわいいんだ」

「親父、このごろ頭頂部が薄くなってねえか」

「ほっとけ。勇作、いつまでもふさふささらさらヘアーでいられると思うなよ。うちの親父も祖父(じい)さんも、ひい祖父さんも、みんな禿(は)げてたんだ。おまえだけがこの運命から逃れられるわけがないぞ」

親父は頭を押さえ、おれを睨みつけてくる。

まあ小さな齟齬(そご)はありながらも、議論は粛々(しゅくしゅく)と進んで行った。しかし、その平穏もいよいよ目的地を決めようというあたりから、怪しくなる。

「温泉となると、やはり東北じゃないか。山形の肘折(ひじおり)温泉、青森の酸ヶ湯(すかゆ)温泉、宮城の秋保(あきう)温泉、このあたりで決めてはどうだろう」

まずは親父がプレゼンを始める。

「東北のスケールの大きな自然の中でゆっくりと露天風呂などに浸かり、しみじみと空を見上げる。暮れて行く空にぽっかり浮かぶ雲と雲。どことなく肌寒い風が火(ほ)

照った身体に、心地よい」

「すてき、聞いてるだけで泣けてくるわ」

おふくろが目尻に指をあてる。ロシアの血は関係ないと思うけど、おふくろは感激屋ですぐに涙ぐむ性質なのだ。

「因みに、肘折と秋保は塩化物泉、酸ヶ湯は硫黄泉だ。どこに行っても後悔はしないはずだ。東北の温泉郷は温泉の王さまだ」

おふくろの涙に調子づいた親父は、嬉々としてプレゼンを続ける。

「では、この三湯から決めていいな」

「でも、この夏は温泉巡りをするわけでしょ。肘折と秋保と酸ヶ湯って、いっぺんに回るのって、すごい大変じゃない」

梅乃が鋭い指摘を繰り出した。なかなかパンチ力がある。

「あたし、移動で時間を取られるより、温泉でゆっくりしたいなあ」

「あら、それはそうね。ママも梅ちゃんに賛成よ。どうせなら、秋保、飯坂、鳴子の奥州三名湯巡りがいいかも」

この二人、おふくろと妹は仲がいい。おふくろが天然入っててどことなく浮世離れ（おれって、案外渋い言葉、知ってんだろう）してるのに比べ、梅乃はかなりのリアリストだ。ずぼらなところもないわけじゃないけど、山田家の誰よりも冷静で計画的だと思う。

そういう性質の違いみたいなものが幸いして、母と娘の間に摩擦が生じない。と、おれは分析している。まあ、親父もちょっとばっかし天然ちゃんで、おふくろ曰く、

「柳一さんって、ほんとかわいいんだから。ポッチみたい」

なのだ。ポッチというのは、虫に刺されて赤く腫れたところや、小さな水疱の総称（あくまで山田家での）だ。

ポッチがなぜ、かわいいのかは、天然入っていないおれには理解不能なんだけど。

おれは、親父もおふくろも梅乃も嫌いじゃない。梅乃の頭の回転の速さと気の強さには、ときに辟易するけれど、まあ許容範囲だ。おふくろの天然度の高さにもときに閉口するし、親父の強引な物言い（妻と娘には甘々なくせに、息子には強い父親面を見せようとする悪癖が親父にはある）には反発も覚えるけれど、まあ、これも許せる。みんな温泉好きで、今日みたいに温泉の話題で大盛り上がりすることができる。

「おまえん家(ち)、いっつも楽しそうだよなあ」

一良がぽつりと呟いたことがある。あれは、いつだったろう。忘れちゃった。人間、いろんなことを案外あっさり忘れていくもんだ。

「おまえん家は楽しくないのか」

「楽しくないでしょ、フツーは。楽しくないぜ。楽しい家族なんてウンピョウなみに絶滅に瀕(ひん)してんじゃないか」

「ウンピョウって何だよ？」

「タイワントラのことだよ」

「タイワントラって何だ」

「ネコ科の哺乳類。雲に豹(ひょう)って書いて雲豹」

一良は空に指先を動かした。たぶん、雲豹と書いたのだろう。エアー習字を披露されても読めない。

「ヒョウよりはちっこいんだ。体の模様が独特できれいで、これが雲みたいだから雲豹って名前がついた。おっぽが長くて、これでバランスをとってるらしい。けど、絶滅危惧種に指定されていて将来の展望、暗いんだ」

「気の毒にな」

「うん」

一良は自分がウンピョウの親戚でもあるかのように、暗い眼つきでうなずいた。一良のネコ科の哺乳類大好き度は並みじゃない。山田家の温泉大好き度にはやや劣るけれど、相当なものだ。

家でも三匹の猫を飼っている。トラ、フジ、タマという、猫のネーミングとしてはあまりに平凡な名前をつけられながら、不満も言わず、ネズミも捕らずごろごろして、やたらでっかくなった。猫というより、突然変異で小さく生まれた虎の子どもに近い。フジは真っ白、タマは白黒の乳牛模様だけど（トラは縞模様だ）。

まあ、一良のネコ科哺乳類好きはおいといて、山田家は一良がぼそぼそ呟くように、楽しげな家族だ。

だから、嫌いじゃないんだ、ほんとに。

でも鬱陶しい。

家族って、何でこんなに鬱陶しいんだろう。

ときどき、全部捨てられたらどれくらいすっきりするだろうなってやばいことを考えてしまう。実際、みんながいなくなったら、取り乱しちゃって、必死で捜し回るくせに、な。

おれって、けっこう臍曲がり？　でもなあ……。「きみたちは一人じゃない」ってよく言うでしょ。大人って好きだよな、あのフレーズ。

おれは苦手だ。耳にする度に中耳がむず痒くなる。

孤立って辛い。おれだって、そのくらいのことはわかっている。中学生のとき、おれは孤立しかかったけれど、しかかっただけで、しなかった。一良がいたし、早雲やポポちゃんもいてくれた。ありがたかった。だから「きみたちは一人じゃない」ってフレーズを全否定する気はさらさらない。この一言に、支えられたやつも、支えられているやつもいるんだろうとは思う。

けど、浅いよなぁとも思う。

大人の好む言葉って、概して浅い。

一人じゃないって、誰かがぶら下がってるってことだ。それに、誰かにぶら下がってるってことでもあるわけでしょ。

それって不自由だったり、重かったりしないのかなあ。しがらみとか、義務とか、愛情とか、つっかえ棒にもなるし、手枷足枷にもなるような気がするの、おれだけ？

まぁそれはさておき（おいとくものが多くて、ごめん）、山田家の〝この夏、どの温泉郷を巡るか〃議論は白熱し、まさに佳境に入ろうとしていた。

おれとしては、酸ヶ湯に最も惹かれる。

十年ぐらい前に一度、訪れたことがあるけれど、それは日帰りの立ち寄り湯って感じだった。

けっこう強烈な印象が残っている。

もうもうと立ち上る湯煙、やたらでっかい風呂場（混浴だったらしいけど、六、七歳のガキには何の意味もなかった）、鼻腔を刺激する硫黄の匂い、そして、十和田八幡平国立公園の一部をなす八甲田山。スケールのでっかい、かっこいい温泉だった。

もう一度、行きたい。しかし、奥州三名湯にはまだ一度も行ったことないし、それはそれで魅力だ。

「中国地方にもいい温泉があるんだよ」

梅乃がインターネットからプリントアウトした資料を、ひらひらと振りかざす。

「皆生、玉造、羽合、美作三湯。玉造って硫酸塩泉なんだって」

なるほど、それもいいな。

「けど、長野も捨てがたいわ。白馬とか上高地とか」

これは、おふくろ。

「新潟の赤倉あたりまで足を伸ばすのもありじゃん」

これは、おれ。

「うーむ。いつものことながら、目的地設定は大難問だ」

頭を抱えたのは、親父。

「楽しいんだけど苦しいよね。温泉選びって、人生そのものの気がする」

しみじみと、物の哀れを口にしたのは梅乃だ。

「こうなりゃ、やっぱ、アミダクジで決めるしかないんじゃない」

「勇作、安易な解決方法に頼るな。重要な案件なんだぞ」

「重要なのはわかってるさ。けど、去年もアミダだったし、おとしはサイコロだったし、その前はじゃんけんで決めたはずだぜ」

「だから、今年は徹底的な議論をして決めようじゃないか。ともかく、おれは東北を支持する。迷った挙句の判断だ。もう、絶対に揺るがないぞ」

「じゃあ、あたしは中国地方。玉造に行きたい」

「ママとしては、長野に一票ねぇ。日本アルプスを眺めながら露天風呂に入りたいわ」

「よし。勇作、おまえはどうする。おまえの一票で全てが決まる」

「ええっ、それってマジ、プレッシャー」

「おまえは、エースだった男だろう。この程度のプレッシャーで音を上げるな」

「野球は関係ねえだろう、野球は」

「いや、あると思うけど」

　背後の声におれは振り向き、わおっと叫んだ。

「一良、いつの間に」

　着古した灰色のTシャツ（寝転んだ猫のイラストが胸の部分にプリントされている）とジーンズという普段着の王道を行く格好で、一良が瞬きする。

「いや、五分ぐらい前からここに立ってたんだけど」

「いくら親しいからって他人ん家に黙って入ってくんなよ。この礼儀知らずめが」

「いやチャイムは鳴らしたし、声もかけたんだけどまったく応答がなくて、あっ、もちろん、ここに来てからも三度『おーい、勇作』って呼んだんだけど、まったく無視られたままだったんだけど」

　一良は眉を下げ、今にも泣きそうな表情になった。表情だけだ。本人は泣く気なんて、サハラ砂漠の梅雨ほどもない。虚しいとき、悲しいとき、寂しいとき、眉毛が下がるのは人間の常で、一良ほどの童顔になると、ちょっと下がっただけで、もろ泣き顔になっちゃうんだよなあ。

　この顔のせいで、一良ってすげえ泣き虫みたいに思われがちだけど、とんでもない。一良が泣いたのって、おれ今までの付き合いの中で二度しか見たことないもんな。一度目は小学一年生のとき、猫が交通事故で死んだときだ。一良が飼っていたわけじゃない。おれでもない。飼っていたのは藤村（ふじむら）さんってお婆（ばあ）ちゃんだった。

　一良の家から三軒先に一人で住んでいた。猫を二匹と猫と同じくらいの大きさしかない犬一匹を飼っていた。その猫の内の一匹が、お婆ちゃん家の前の道で、バイクに轢（ひ）かれて死んじゃったんだ。山本家のトラみたいな、薄茶の縞模様の猫だった。

　お婆ちゃんは、その猫を抱いてぽろぽろ泣いていた。それを見た一良がやはりぽろぽろ涙を零し始めた。おれは、一良が泣いたのにびっくりして、びっくり泣きをしてしまった。黙って涙を流している一良の傍で、おれはわんわん泣きまくっていた。今でも覚えている。

　二度目は、さいとう高校の合格発表の日だ。

　二人とも合格していたことを確認した後、一良がおれに言った。

「勇作、さいとう高校でもバッテリー組もうぜ」

一良の眼は曇りがなくて、おれが間髪を容れず、「おう」とか「当たり前だ」とか「やろうぜ」とか、そんな前向きな返答をすると信じきっていたのは明らかだった。

おれは目を逸らし、合格者の受験番号を張りだした掲示板の前から、離れていった。少し俯いていたと思う。知らないやつが見たら、不合格になって気落ちしている少年だと思っただろう。

「勇作？」

一良が戸惑ったようにおれの名を呼んで、すぐに追いかけてきた。肩に手をおく。

「おい、勇作。どうしたんだよ」

「一良、悪ぃけど」

「え？」

「おれ、たぶん、野球部に入んないと思う」

一良が息を詰めた。おれの前に回り、詰めた息を吐き出す。

「勇作、野球部に入んないって……じゃあ、バスケとかサッカー部にでも入るつもりかよ」

「入んない」

野球部に入るつもりはなかったけれど、野球以外のスポーツをする気はさらになかった。

「じゃあ、どうすんだよ」

「当分、帰宅部」

「そんな……」

一良が絶句する。すげえ苦い汁を（何の汁だ？）、仕方なく飲み込んだ。そんな顔つきになっていた。

眉毛が下がり、くりっとしたかわいい目が潤んだ。

え？　マジかよ。こんなとこで泣き出すってか？

そりゃあねえだろうと、おれは慌て、焦った。しかし、一良は泣かなかった。泣かなかったというか、涙を零さなかった。そのかわり、真っ赤になった。

真っ赤になり、唇を噛み、俯き「なんでだよう。なんでなんだ、勇作」の科白を三度も繰り返した。

一良は怒っていた。目を潤ませた自分にじゃなく、おれに。この話、前もしたっけ？　だったら、しつこくてごめん。

おれが言いたいのは、一良は見た目ほど泣き虫でも、弱虫でもないのだ。おれの知っている限り、十五歳までに二回しか泣いてないんだから。その内の一回が猫がらみで、あと一回がおれがらみ。

ごめんな一良。

「一良ちゃん、久しぶり」

おふくろが拍手をした。ここでなぜ、拍手をするのか、謎だ。

「あっ、ごぶさたっす」

一良の黒目がちらりと動いて梅乃を見た。梅乃の茶色っぽい眸も動いて、一良を見た。二人はなぜか、頰を紅くして、同時にぷいっと横を向いてしまった。うわっ、不器用。お互い気になるのに、横を向いて知らんぷりだって。小学生レベルの反応だ。ちょっと笑える。

「勇作、話があるんだけど」

頰を紅くしたまま一良が顎をしゃくった。二階のおれの部屋に行こうってサインだ。

「何だよ、話って」

「いや、だから、ちょっと話が……」

「ずっと前から好きでしたなんて言われても、おれ応えられないからな。基本、女の子が好きなんだから」

「基本、なんだ」

「基本、基本。おれは人間が大らかなんだ。性別なんかに固執しないね」

「けど、ぽっちゃりした女の子が好きなんだよな。がりがり瘦せの女の子は許せないんだろう」

「許せん。なぜ、無理して瘦せようとする。せっかくのぽっちゃりを案山子みたいになりたがる。おれは、世の女の子たちがみんな案山子になっちゃったら、絶望のあまり田んぼに首を突っ込んで死ぬかもしれない」

「すげえ珍しい死に方だよな。けど、その前に、おまえの部屋に行こうぜ」

「わかった。けど、待て。目的地の決定だけはしておかないと。みんな、おれとしてはやはり」

酸ヶ湯を選ぶと宣言しようとしたとたん、一良が、

「無理だと思うけど」

と、呟いた。いや、呟きと普通の会話の中間ぐらいの声音だった。意外に鮮明に

耳に届いてきた。

「無理って？」

「夏の旅行は無理だと思うぜ。八月末なら何とかなるかもしれないけどさ」

「何で」

「甲子園、あるだろ。七月から地方大会が始まるから、八月頭の家族旅行ってのはちょっと厳しいと思う」

「それ、おまえのことだろ」

「いや、おまえのこと。おれん家、夏は旅行しねえから」

「おれが何で甲子園のために温泉を諦めなくちゃなんないんだ。野球部の応援にでも来いってか」

「おまえの応援なんていらねえよ。かわいい女の子なら、大歓迎だけどさ」

一良の黒目がまたちろっと動いた。

梅乃は横を向いたままだ。

「一良、おまえ何、わけのわかんないこと言ってんだ」

「むちゃくちゃストレートに言ってる。勇作、もうそろそろ野球に戻って来てもいいんじゃないかって、な」

一良、おまえは夏の旅行は厳しいとは言ったが、勇作、もうそろそろ野球に戻って来てもいいんじゃないかとは、一言も言ってないぞ。おれは唇を突き出し、胸の内でそう言い返した。なぜか、声には出せなかった。

もうそろそろ野球に戻って来てもいいんじゃないか。

戻って来い。

一良から、いつか言われるとは思っていた。予想より、少し早かった。予想していたとおりの科白を一良は口にして、おれをかわいい目で見詰める。

睫毛、長ぇなあ。エクステしてるみたいに、くるんと上を向いている。ビューラーやマスカラで日々、みじか睫毛と戦っている女性たちに羨ましがられ、怨まれるぞ。

しかし、キャッチャーの長睫毛ほど無駄なものはないよなあ。宝の持ち腐れって言葉、キャッチャーの長睫毛と坊さんのさらさらヘアーのためにあるんじゃないか。

「じゃあ、日程の変更を考えましょ」

おふくろが言った。

「は？」

と、おれ。

「そうだな。八月末に変更ってことになると、やはり東北がいいんじゃないか。秋の気配が濃厚になる」

「へ？」

「長野だってそうよ。上高地なんて既に秋よ」

「え？」

「お兄ちゃんが甲子園に行くんなら、中国地方の温泉も近いじゃん。甲子園が終わったあと、ついでに足を向けたら」

「お？」

「有馬とか城崎も選択肢に入ってくるわねえ」

おふくろが頰に指を当てる。

「いや、それはおいといてください。甲子園に出場できたら、校長のポケットマネーで有馬温泉一泊旅行のオマケつきなんすよ」

「まぁ。すごい。それ、家族は駄目なの」

「はあ、多分、駄目だと思います。なんてったって、ポケットマネーですから。そこまで予算が回らないと思うんです」

「あら、ちょっとがっかり」

「すみません」

一良が頭を下げる。

別におまえ、悪いことしてねえだろう。

「でも、有馬温泉付き甲子園って豪華よねえ。勇作、がんばりなさい。なんなら、あたしたち自腹で行ってもいいし」

「ママ、行ってもいいって、どっち？　甲子園？　有馬温泉？」

「どっちもよ。日に焼けた肌に有馬のお湯がちょっと染みたりして。うふふ」

「うふふ。お兄ちゃん、皮が剝けちゃってるかもしれないね。すごい染みるよう」

「そうか、有馬か。何年ぶりかな。じゃあ、甲子園↓有馬温泉ってコースでいいか」

待て、待て待て待て、待て。

おまえたちは全員、鈴木センセの回し者か。

「がんばれな、勇作」

「何だか今までにない温泉の楽しみ方ができるわ」

「持つべきものは、良い息子だな、富士子さん」

「ええ、ほんとね、柳一さん」

一昔前のアメリカのホームドラマみたいな会話を交わしている両親に向かい、おれはこぶしを振り上げてみせる。

「おい、みんな。いいかげんにしろよ。おれは」

腕を引っ張られた。一良がおれの腕を引っ張って階段を上る。おれは、一良に腕を引っ張られて階段を上らざるをえない。

「入れ」

一良がおれの部屋のドアを開けた。

「馬鹿野郎。立場が逆だろうが。ここ、おれの部屋だぞ」

「いいから、入れって」

一良にぐいぐい引っ張られて、おれはよろけ、ベッドの上に尻もちをついた。スプリングがぎしっと音をたてた。

「あれぇっ、ご無体はおやめください、殿」

「勇作」

「いや、こないで。一良くん、怖い」

「いいかげんにしろ。なにエロビデオバージョンやってんだよ。おれだって、基本、女の子が好きなんだからな」

　梅乃が好きなんだろ。

　と、突っ込みをいれるのはさすがに憚られ、おれはベッドの上に起き上がり、〝これぞ不貞腐れです〟の顔をしてみせた。

「何だよ、まったく。アポなしで突然やってきて、人をベッドに押し倒しやがって」

「勇作、あくまでエロに徹したいなら、本気でのっかってやるぞ」

「あっ、すみません。本気にならないでください」

　一良は、ジーンズのポケットから四つ折りにした紙を取り出した。

「何だよ、婚姻届か？」

「そうだよ」

「あ、いや、一良、今のジョークだから」

「おれは本気だ。これにサインしろ」

「いやあ、我が国の法律では同性の結婚はまだ認められてないんじゃないか。それに、おれたち基本、女の子が好きだし」

「いいから、早くサインしろって」

「でも、おまえ一人息子だろう。山本家の跡取りどうすんの。おれ、子ども産めないよ。子宮ないし」

「おまえの子どもなんて、欲しくねえよ。いいんだよ、女房役はおれなんだから」

「けど……」

「勇作」

一良が上から睨みつけてくる。この顔に睨まれても、怖くはないはずなのに、おれは目を伏せてしまった。

「往生際(おうじょうぎわ)が悪過ぎ。わかってんのに、ぐずぐずとぼけんな。おまえらしくないぞ」

一良がきゅっと唇を噛む。

「ほんと、おまえらしくない。ごまかして、適当にかわそうとして、真正面からぶつかってこないで、それでも山田勇作か」

山田勇作です。

ごまかして、情けなくて、逃げることばかり考えていたとしても山田勇作にかわりはない。でも、やっぱ、少し……辛くはある。

おれは、四つ折りの紙をゆっくりと開いた。

わかっていたけれど、何だろうという顔つきで開いていった。

入部届だった。

さいとう市立さいとう高校野球部について、おれはしつこく語る。

その五、自分で言うのも何だが、おれってわりに繊細なのだとしみじみ思う

入部届を手に、おれはしばらく黙りこくっていた。

さて、どうするか。

さりげなく、かっこよく、かつ、粋(いき)にこの場を乗り切るには、どうすればいいか。

温泉(できれば、ばりばり硫黄泉ってのがいい。できれば、だけど)に浸かって、ゆっくり思案したいところだが、そういうわけにもいかない。

うーん、どうするか。

勇作　これは何だ？

一良　眉間に皺を寄せて尋ねる。

勇作　おまえは字が読めないのか。ここに大きく、入部届って書いてあるだろうが。だから入部届に決まっている。

やはり眉間に皺を寄せ、入部届の上を指先で叩く。

一良　へぇ。そうなんだ。知らなかったな。

あくまで、とぼけ顔。指で入部届をつまみ、ひらひらと振る。

さも、面倒くさげな顔つきと仕草。

勇作　勇作！　なんだその態度は。いくらなんでも、怒るぞ。

立ち上がり、勇作を睨みつける。勇作も睨みかえす。

一良　怒る？　ふふん、上等じゃないか。

勇作　きさまってやつは。どこまで根性が腐ってるんだ。

勇作の胸元を摑む。身体が怒りのために、小刻みに震える。

勇作は、薄笑いをうかべている。

いや、待て待て、待て。待ってくれ。

　これじゃ、おれが悪役のチョーゼツ嫌な奴のとんでもない憎まれ役じゃないか。まるで、割に合わない。粋もさりげなくもまったくない。むろん、かっこよくもない。

　はい、却下。シナリオ、書き換え。

「勇作……どした？」

　一良がおれの顔を覗き込んでくる。ぱっちりとした目が瞬きしながら、おれを見ていた。

　うっ……。可愛いかも。

「目の焦点が合ってないぞ」

「いや、別に。あの、やっぱ、入部届だなって思って」

「うん、入部届なんだ。何か他の物だと思ったか？」

　一良は、いかにも申し訳ないという風に肩をすぼめた。

「いや、もろに入部届だと思った」

「そうなんだ、もろに入部届なんだ。しかも、ずっとポケットに入れといたもんだから、ちょっとヨレてる」

　一良はさらに肩をすぼめる。でっかい身体を精一杯、縮めようとする。いや、そこまで申し訳ながってくれなくていいんだ。かえって、こっちが恐縮しますから。

「けど、それ……野球部のなんだ。おれが、クラブ名のところに、勝手に野球部って書きこんじまったから。野球部以外では、使えないんだよなぁ」

「だよな。今までの話の流れからすると、野球部しかないよな」

「え？　そうかあ？」

「そりゃあそうだろ。おまえ、さっきの自分の科白、忘れたのかよ。八月頭の旅行は甲子園のために諦めろって言ったんだぞ」

一良の黒目がうろつく。

うわっ、こいつ、マジで忘れてる。

「『勇作、もうそろそろ野球に戻って来てもいいんじゃないか』とも言ったぞ。けっこうマジ顔で、言ったぞ」

「あっ、それは覚えてる。確かに言ったよな」

「だろ？　その流れでいくと、ここでおまえがおれにバスケとかテニスとか相撲とか茶道部の入部届を渡すシチュエーションってのは、どうにも考えられないだろうが」

「うちのガッコ、相撲部はないけどな」

「おまえ、細かい」

「そうか。まぁおまえが、かなり大雑把だからな。バッテリーってどっちかがどっちかでないと、どっちとも成り立たないから」

「そうだ。どっちかがどっちかでも、どっちにもどっちみち、どうにかなるからな」

「勇作」

「うん?」

「いくら字が汚くても、名前ぐらい自分で記入しろよな」

「ここに?」

「そこに」

おれは、もう一度、まじまじと手の中の紙を見詰めた。ぺらっとした、あまり質のよくない紙に、滲んだインクで『クラブ活動申込書』と印刷されている。『申』の縦棒が掠れて消えかけ横に広がった『日』に見えた。

希望クラブ名のところに、『野球部』と一良の筆跡で記入されていた。一字一字の大きさが、きちっと揃っている。止め、撥ねも完璧だ。言い忘れたが、一良の父親は書道家で、家の裏手にある離れで書道教室を開いている。

一良は幼いころから、父親の教室の片隅で筆を持ち、中学一年のときには既に、かなりの有段者だった（書道にも段位ってのが、あるらしいのだ。ちょっと意外だろ）。筆だけじゃなくて、ボールペンの文字もなかなかにいけてる。

一良のノートは印刷したみたいにきっちりと文字が並び、読み易いことこの上ない。

「やっぱ、自筆の方がいいっしょ。いくら、字が汚くても」

一良が、繰り返す。まぁ確かに、おれは悪筆だ。おれのノートは書いた本人のおれでさえ、ときに、判読不能になる。

「いや、一良。おれはそういうことで、悩んでるんじゃない」

「じゃあ、さっさと書けよ。おれ、九時から見たいテレビがあんだ。それまでに、風呂にも入りたいし」

不意に、一良が身を乗り出してきた。

「野球、やりたいだろう、勇作」

「うん」

おれは、素直にうなずいた。というか、うなずいてしまった。

『あっちむいて、ホイ』ってゲームがあるだろう。じゃんけんで勝ったやつが、左右上下どこかを指で差して、負けたやつは勝ったやつの指とは別方向を向かなくちゃいけないという過酷なゲーム。あれに、おれ、めちゃくちゃ弱い。

十回中九回、九十パーセントの確率で、勝ったやつの指のとおりに顔を向けてしまう。おれが『あっちむいて、ホイ』ゲームで勝ち残るためには、じゃんけんの勝率を上げて、指差しの権利を獲得するしか道はない。

我ながら、釣られ易い性質なんだと思う。魚に生まれなくてよかった。因みに一良も梅乃も、『あっちむいて、ホイ』にやたら強い。この二人が、『あっちむいて、ホイ』チャンピオンの座をかけて、本気で戦ったら、三日間ぐらい決着がつかないんじゃないか。たぶん、一良の方が根負けして、白旗、あげちゃうだろうけど。

一良の一言、「野球、やりたいだろう、勇作」は、さりげなく、でも鋭く、おれに向けられて、おれは思わずうなずいてしまった。さすが『あっちむいて、ホイ』名人だけのことはある。

「やりたいんだったら、やろうぜ」

一良がさらに身を乗り出して来る。

「これ以上ぐずぐずしていて、どうすんだよ」

一良には珍しく、急いた口調だった。

「野球は好きなんだ」

おれは言った。

「でも、甲子園とか言われると、引いちゃうんだ」

「ただの甲子園とちがうぞ。有馬温泉付きだ」

「でも、甲子園だろ。甲子園のために野球するのって、どうよ」

「じゃあ、有馬温泉のためにやればいいだろ」

「有馬は含鉄泉なんだ。おれ、基本、硫黄泉好みなんだ。おまえ、よく知ってんだろ」

「贅沢なやつだ。甲子園で野球やって、温泉入って、脱衣所で素っ裸のままビン牛乳を一気飲みして、みんなでスリッパ卓球トーナメントなんかして……、どうだ最高じゃないかよ」

「最高だな」

おれは、また素直にうなずいた。

最高だ。

湯に浸かって、汗をたっぷりかいた後、きんきんに冷えた牛乳（これは絶対、ビンでなきゃならない。紙パックだと趣が半減する）を一息に飲み干す。身体のすみずみまで冷えた牛乳が行き渡る気がして、火照る肌と相まって、自分の存在を確かに感じられる。温泉＋冷えたビン牛乳の醸し出す快感だ。スリッパ卓球トーナメントも捨てがたい。あれって新しいスリッパより、ちょっと古めの方が、球が微妙に変化しておもしろいんだよな。

うーん、最高だ。でも……。

「そこに行くまでには甲子園に行かなきゃだめなんだよな。で、甲子園に行くためには、まず地方大会を勝ち抜かなきゃいけないわけだ。てことは、やっぱ、勝たないと意味がないってことになるよな」

「勇作」

一良がおれの腕を掴んだ。

並みでない童顔が、間近に迫ってくる。

「一良、いくらせがまれてもキスなんかしないからな。おれのことは、諦めてくれ」

「あほっ」

頭のてっぺんを思いっきり叩かれた。

「おまえってやつは、どーして、なんでもかんでもジョーダンにしちまうんだ。たまには、真剣に考えろ」

「何を考えるんだよ」

「自分のことだ」

「自分のことって？」

「自分がどう生きるかってことだ」

「うわっ」

おれは叫んで、座ったまま後ずさってしまった。

「いっ、一良。だいじょうぶか。熱とか出てないのか」

「は？　平熱だけど」

「食欲は？」

「ばりばりある」

「性欲は？」

「まぁ、そこそこ」

「そうか。まさか、クスリやってるわけじゃねえよな」

「勇作、何言ってんだ。おれの一撃が強力すぎて、頭がいかれたか」

「いやぁ。おまえがあんまり、時代錯誤の科白を吐くもんだから、びっくり仰天（ぎょうてん）して、頭がいかれそうなんだ」

「そうかぁ」

「そうだよ。なんだ、自分がどう生きるかってのは。どう生きたってよかんべぇよ」

「野球やるんならな」

「だから、野球に拘り過ぎなんだよ、おまえは」

「じゃあ、勇作はこのままずっと野球に関わらずに生きて行くんだ。ボールも握らず、マウンドにも立たず、グラブをはめることもなく、ちょっと太めの可愛い女の子の声援をうけることもなく、ちょっと太めの可愛いチア・ガールをちら見することもなく、ちょっと太めの可愛い他校の応援にきた女生徒を口説くこともせず、生きて行くんだな」

「……おまえの話だと、おれが、たらしのオッサンみたいに聞こえるんだけど」

一良は気忙しげに首を左右に振った。

タイムリミットが迫ってるらしい。九時から見たい番組って何だろうか。一良のことだから、渋いドキュメンタリーだったりするのかもしれないな。

「どうなんだ、勇作。おれと一緒に野球をやりたくないのか」

「いや、だから、それは」

　やりたい。

　おれは野球が好きだし、一良が好きだし、マウンドが好きだし、一良に向かってボールを投げるのが何より好きだ。温泉と同程度に、好きだ。

　やりたい。

「勇作、鈴ちゃんは、ちがうぞ」

　どアップの一良が一言、一言、区切るように言った。おれに理解できたのは、「勇作」の部分だけだった。

「鈴ちゃん？　ちがう？」

「そうだ。鈴ちゃんはちがうんだ」

「誰が、何とどうちがうんだ？」

　一良はどアップの顔を引き、あぁそうかと呟いた。

「すまん。わかるように話す」

「たのむ。わかるように話してくれ」

　一良は鼻から息を吐き出すと、おもむろにしゃべり始めた。

「鈴ちゃんは、我がさいとう高校野球部監督の鈴木先生のこと」

「あぁ、美術の鈴木センセな」

なぜか、蝶が浮かんだ。

野球のユニフォームのまったく似合わない男の頭にちょこんと止まっていた蝶だ。

何でここで、蝶なんかを思い出すんだろう。

「鈴ちゃんについては、わかったな」

「鈴木センセが野球部のメンバーから鈴ちゃんと呼ばれているのは、わかった」

「おまえ、今日、鈴ちゃんと話し込んでたろう」

「いや、一方的に話しかけられただけだ」

「おもしろかっただろう」

「変わってるなとは、思った」

「そうなんだ、変わってるんだ」

一良は右手を握り、左手を開いた。右手で左手の手のひらをパチンと叩く。絵に描いたような、「そうなんだ」ポーズだ。

「鈴ちゃんって変わってるんだ。村田（むらた）だけでなく、他のどの大人と比べてもすごく変わってんだ。特に、村田とは天地ほども差があって、同じ野球部の監督とは思えねえんだ。例えば」

一良が口を閉じた。

瞬きを一度して、おれを見て、また瞬きした。

おれが眉間に深い皺を寄せたからだろう。自慢じゃないけど、おれは身体も筋肉も柔らかい。両足をほぼ百八十度に広げて、前屈ができる。まぁ、柔らかい身体は必須じゃないけど、いいピッチャーの重要な条件みたいなものだから（やっぱ、ちょっと自慢入ってた。ごめん）。

眉間の筋肉も柔らかくて、くちゅくちゅと寄せるとすごく深い皺を作ったりできる。どのくらい深いかというと、皺を寄せたとき、たまたま、おれの眉間に止まり血を吸おうとしていた蚊が皺の間に挟まって圧死したぐらいだ。

ちょっと、すごくねぇ？（これは自慢ではない。さすがのおれも、自慢になることとならないことぐらいの区別はつく。自慢じゃないけど特技ぐらいにはなるかも、とは考えているけど）

眉間に皺を寄せた表情って、好きじゃない。周りをいい気持ちにさせる顔じゃないから。どんな美形でも、眉間に皺を寄せて黙りこくっていたら、暗いもんな。べつに暗くたって構わない。おれが、暗い顔が好きじゃないってだけだから。

しかし、今は無意識に眉間に皺を寄せた暗い顔つきになっていたらしい。

一良の表情も、翳る。

「村田の名前、出さない方がよかったか」

「あんまし聞きたくないけど、出さなきゃ話が前に進まないなら、しょうがねえだろ」

「じゃあ、仮にKってことにしようか」

「何でKなんだよ。頭文字ならMだろうが」

「KIRAIのKで」

「なるほど」

一良も村田を嫌っていた。

「史上、最低の監督だ」

と。今にしてみれば、村田が史上最低の監督だったかどうかは定かではない。むしろ、最高の監督との称賛の声もあちこちから、聞こえて来ていたのだ。

村田は、おれと一良が所属していた中学校野球部の監督だった。だったじゃなくて、今でも監督、しているはずだ。

おれが三年の春、つまり、中学野球ともうすぐ「さよなら」しなければならない時期に、英語の教師として赴任してきた。前任校は隣の市の公立中学校だ。一昨年、昨年と地方大会で優勝し、全国大会に出場した学校で、二度目は確か三回戦まで勝ち進んだんじゃなかったかな。そういう、輝かしい経歴を背負っている村田は当然のように、野球部の監督になる。当たり前っちゃあ、当たり前だ。全国大会出場の野球部監督が、手芸部の顧問とかになったら、それはそれでおもしろいけれど、学校なんてところは、おもしろいことを極力排除して成り立っているみたいなとこ、あるから。

で、当然のこととして、村田はおれたちの野球部の監督になった。

「いいか、諸君。スポーツとは勝ってなんぼ、強くてなんぼ、結果を残してなんぼだ。そのことをしっかり、胆(きも)に銘じとけ」

新任の挨拶、開口一番、これが村田の科白。

「結果を残してなんぼ」あたりで、おれは背筋がもぞもぞしてきた。ほんと言うと、「諸君」でちょっと「こいつ、ヤバくないか」って感じてたんだ。

諸君だぜ、諸君。中学生に向かって、諸君と呼び掛ける大人って、絶対に胡散(うさん)臭いし。根拠ないけど。

村田はさらに続ける。

「おれは諸君に、負け犬に甘んじたまま終わって欲しくない。諸君は若いんだ。根性と気力があれば這い上がって行ける。これから、おれが諸君を徹底的に鍛えて行く。厳しいかもしれん。いや、厳しい。けれど、諸君、これだけは言っておく。おれのやり方に黙ってついてくれば、諸君は勝つことを覚えられる。いいな、負けたままじゃだめだ。弱いやつはだめだ。負け犬になるな。諸君の年齢で負け犬になったら、一生、負け犬のままかもしれんぞ。それは嫌だろう。だから、おれが、諸君に勝つことの味を教えてやる。もう一度、言うぞ。勝たなきゃだめだ。結果を残さなきゃだめだ。この程度でいいと自分を甘やかすな。そんなやつに、未来はない。自分に厳しく、死に物狂いで戦えるやつだけが、勝者になれるんだ。野球も人生もな」

村田の口調は熱っぽく、説得力に満ちていた。

おれも一瞬、あぁそうか、勝つ側に回らなきゃだめなんだ、野球も人生もって、思っちゃったもんな。

けど、ちょっと待て、待て、待ってくれ。

ちょっと変じゃないか、それ。

なんで、最初からおれたちを負け犬扱いしてんだよ。確かにおれたちのチームは、目立つほどに強くはなかった。全国大会なんて、夢のまた夢ってレベルだった。

だからって、負け犬ってわけではないでしょ。負け犬なんかに甘んじてないし、そもそも、負け犬ってのがどういうやつのことを示すのか、全然、わかんないし。前の監督は村田と同じ四十歳ぐらいの、やはり村田と同じ英語の教師だったけど、村田とまったくちがって、やる気ゼロのおっちゃんだった。でも、野球のユニフォームは好きだったらしい。

ユニフォームが着たくて野球部の監督を志願したと、臆面も無く言ってたからなぁ。練習とかも「自主性を重んじる」とか言っちゃって、おれたちに丸投げして、さっさとどこかに消えちゃったりしてた。最低という意味じゃ、村田よりよほどわかり易い最低の監督だったなぁ。そういう状況でチームが強くなるわけもなく、おれたちは、地方大会にも手が届かないレベルで、もたもたしていた。

それでも、楽しかった。おれたちはみんな、程度の差はあれ野球が好きだったし、野球の試合が好きだったし、チームのみんなが好きだった。いいかげんな監督さえ、嫌いじゃなかった。おれたちは、キャプテンの一良を中心にして、自分たちで練習メニューを練り、自分たちで毎日、練習をこなしていた。

強くはないけど、弱くもなかった。

エースのおれの調子がいいときは、チョー快勝って感じの勝ち方をするときもあったし、前の年の県大会では決勝まで残った。おれが、不覚にもインフルエンザに罹って（おれ、冬にはインフルも風邪もひかないのに、梅雨の前後にやたらインフルを呼び込むんだよな。今年こそは気をつけたい）、へろへろになっちゃったから、負けちゃったけど。

百歩、千歩、いや二千五百歩ぐらい譲って、おれたちが負け犬だとしても、なんで、他人にダメ出しされなくちゃならないんだ。なんで未来がないんだ。人生、もう終わったみたいな言い方、されなくちゃいけないんだ。

どんだけ優秀な監督か知らないけど、上から目線で他人をランク付けなんかするんじゃねえよ。他人の人生をとやかく言う資格や権利をもっているやつなんて、誰もいないんだから。

勝たなきゃ意味がないだって？

悪ぃけどおれたち、勝敗で意味づけするような、ちっぽけな野球やってないから。

おれは、前列に立って村田を睨んでいた。

気に食わねぇ、こいつ。

そういうオーラが全開になってたと思う。

「なんだ」

村田が、おれを睨み返してきた。

「なにか、言いたそうな眼だな。えっと……」

「山田です」

「山田、な。では、山田。何だその反抗的な眼は」

「生まれつき、こんな眼です」

マンガならここで、ピキッと音がして、村田の額に怒りマーク（💢こんなやつ）が現れるところだ。音はしなかったけど、青筋が浮き出た気がした。

このおっさん、かなり気が短い。

おれも、相当な短気者だけど、おれを上回る気の短さだ。きっと長生きしないだろうな。気が短いと、人生も短いんだと誰かに聞いた覚えがある。

「山田、おまえ、髪を染めてるな」

村田がすっと目を細めた。

「染めてません。自毛です」

「嘘をつくな、嘘を。そんな色の髪をした日本人がいるか。茶髪のやつに野球なんてできんぞ」

うわっ、またまた、なんちゅう強引で非科学的な科白なんだ。髪の色で野球やってるやつなんかいねえよ。

「明日までに、元の色に戻してこい」

「だから、自毛なんです。戻しようがありません」

「おまえ、おれをなめてんのか。これ以上逆らうようなら、練習に参加させんぞ」

「練習に参加する、しないは自分で決めます。そーいうの、監督が決めることじゃないでしょう」

マンガならここで、ビキッビキッと音がして、村田の額に怒りマークが二つは並ぶところだ。

「山田、前へ出ろ」

村田が怒鳴る。

前に出たのはおれじゃなくて、一良だった。おれより一呼吸分早く、進み出たのだ。

「監督、勇作の髪は間違いなく自毛です。祖母ちゃんがサンタモニカの出身なんで」

一良、サンタモニカじゃなくて、サンクトペテルブルクだから。サンタモニカはアメリカ、サンクトペテルブルクはロシアだぞ。

あれ？　おれ、意外に物知りじゃね。

「サンタモニカ……カリフォルニア州のか」

さすがに教師。サンタモニカをちゃんと知ってる。

「カリフォルニア？　あれ、もっと寒いとこだったよな」

一良が振り向いて、首を傾げる。

「ロシアだよ。サンクトペテルブルク」

「あっそうそう、ロシアです。サンクト……なんちゃらです。ともかく、祖母ちゃんが外人なんで。髪は生まれつき、こんな色です」

村田は何も答えなかった。

黙ったまま、おれを睨んでいた。むろん、おれも無言で睨みかえしている。

お互い、『こいつ、絶対に気に食わない』オーラをむんむん放出していた。マンガならここで、二人の視線がぶつかりあいバチバチと火花が散っているところだ。

それからどうなったか、正直、あまり言いたくない。思い出すだけで、気分が淀む。心の奥がちくちく痛む。何かもう、どーでもいいやって気分になる。ちょっと吐き気までしてくる。

十四、五歳のガキが人生語るなって、大人は嗤うかもしれないけど、十四、五歳のおれは、人生ってものの理不尽さをかなり知ってしまったと思う。

子どもって、やっぱ大人に支配されてるんだって事実を、おれは村田から教わった。

村田はおれを徹底的に無視して、おれを決してマウンドに上げようとしなかった。ボールを握ることさえ、許そうとしなかった。そして、村田が許さないと、おれはボールを握ることさえできない立場だったんだ。

「チームワークを乱すやつが一番、邪魔だ」

村田ははっきり宣言して、おれをさっさとレギュラーから外した。抗議した一良もかなり冷たくあつかわれた。そして、村田はさらに宣言した。

「今年の春夏は捨てて、秋に照準を合わす」

バッテリーと四番を無視しちゃったんだから、そりゃあ、あんた、捨てざるを得ないでしょう。何度も言うけど、おれは野球もチームもマウンドも大好きだった。

まさか、こうもあっさり取り上げられてしまうなんて思ってもいなかったから、正直、唖然（あぜん）としてしまった。

監督って立場の大人がその気になったら、選手なんてどうにでも料理できるってわけなんだ。そういうシステムに気が付かなかったところが、おれのガキたる所以（ゆえん）なんだろうなあ。

村田に頭を下げてマウンドに上がらせてもらうことも、ちらっとは考えた。でも、嫌だった。どうしても嫌だった。

マウンドって自分の足で上がるところだ。だれかに頭を下げて、縋（すが）って、立つ場所じゃない。村田に屈したら、マウンドに失礼だとおれは思った。その思いは間違っていないと、今でも信じている。野球部をやめちゃおうかとも考えたが、それも嫌だった。それこそ、負け犬だろ。試合に負けるのは我慢できても、村田みたいなやつには負けたくない、絶対に。

おれは意地になって、毎日グラウンドに通い、走り込みだけを黙々と続けた。辛くなかったと言えば、大嘘になる。中学最後の年、四月から三年生が引退する夏の終わりまで、本当に長かった。あんな月日はもう二度とごめんだ。

おれが何より辛かったのは、マウンドに上がれないことじゃなく、村田に無視されていることでもなく、仲間たちに「監督に謝れよ」と言われたことだ。一緒に野球をやってきた三年生たちが、次から次におれを説得にくる。来なかったのは、一良と早雲とポポちゃんだけだった。

「おまえが悪いんだから、ちゃんと謝れ」

「意地張ったって、良いことなんか、何にもねえぞ」

「おまえのせいで、チームがぎくしゃくしちまって、もうどうしようもねえよ」

「何で、やめないんだよ」

いろんなことを言われた。

一言、一言が胸に刺さった。

村田は確かに優れた指導者の面もあって、選手たちの力をぐいぐい引き出す術を熟知していた。前のいいかげんな監督とは雲泥の差だ。

「あんなすごい監督に、おまえは何で逆らうんだ」

そう言われたときは、マジで泣きそうになった。自分がどうしようもないアホで、空回りばかりする意地に翻弄されているように感じられたんだ。自分で自分を信じられないなんて、むちゃくちゃ惨めだろ？　それでもおれは、野球部をやめなかったし、村田に謝らなかった。

我ながら、人間国宝ものの意地っ張りだ。

あのとき一良や早雲やポポちゃんたちがいなかったら、そして、温泉がなかったら（家族には何も言わなかったけれど、薄々気が付いていたんだろうか。あの時期、やたら、日帰り温泉旅行が多かった。温泉に浸かっていると、それが硫黄泉でなくても、この世の全てはちっちぇえ、ちっちぇえと思えてしまう。ついでに、梅乃から伝授された呪文、ドウゴアリマノボリベツってのを唱えていると、さらにこの世の全てはちっちゃくなる）、おれ、どうなってただろう。

おれは一良たちや温泉に支えられて、へこみはしたが何とか潰れずに中学野球を卒業できた。

「よく、走り込んだな」

三年生引退の日。村田が久しぶりにおれに声をかけてきた。

「あれだけ毎日走れば、下半身は相当、鍛えられてるぞ。その筋力を落とすなよ」

「はぁ……」

おれはいかにも間の抜けた返事をしてしまった。一生の不覚だ。

「これからも、毎日、走り込め」

それだけ言うと、村田はおれに背を向けた。

おれは、その背中を唇を嚙んで見送った。

それで、おれの中学野球は終わったんだ。

さいとう市立さいとう高校野球部について、
おれの話はどんどん続いていく。

その六、一良が鈴ちゃんこと鈴木センセについて熱く語るのを、おれは半ば呆然と聞く

これからも、毎日、走り込め。

村田の一言をおれは無視したかった。そっぽを向きたかった。けど、身体ってへんてこなもので。気持ちが〝こいつの言うことなんか、ぜーったいきくもんか〟って頑張ってるにもかかわらず、疼いちゃうんだよな。

変な意味じゃないぞ。

エッチしたくてうずうずするのとは、ちょっと違う（あっでも、似ているとこ、あるかも）。おれ的には絶対的NGにもかかわらず無理やりイケてない格好をさせられているような、ただ沸かしただけの湯を「これ、源泉かけ流しの温泉だから

ね」なんて言われたような、どうにも許せない状況なのに、その格好が妙におれに似合っていたり（現実的には九十五パーセント起こりうるわけがない）、ただのお湯が、温泉と同様に心地よかったり（現実的には百パーセントありえない）したみたいな気分なんだよな。

え？　よく、わかんない？

なぜだよ。服はともかく温泉の詐称は許せんだろう。人として、やっちゃいけないことだ。以前、温泉の素を湯に混ぜていた温泉地があったとニュースになっていたが、おれは、あのときほど暗澹とした気分になったことはなかった。

中学の野球部内でハブられていたときも、どうにもいたたまれない感じだったけど、一良や早雲やポポちゃんたち、信じられるやつらがいてくれた。本当の一人じゃないって確信がもてたぶん、楽だった気がする。

おれ的にはぎりぎりだったけど、何とか凌ぐことはできたわけだ。でも、温泉の詐称のニュースを知ったときの衝撃は、言葉では言い尽くせない。

暗澹、啞然、呆然、悲嘆……。

ああ、人間はここまで堕落してしまったのか。温泉で人を欺くなんて、あまりにひどい。ひどすぎる。

うん？　やっぱ、話がずれてるか。ごめん、つい興奮してしまった。おれ、どうして温泉がらみだと、こうも興奮しちゃうんだろう。もう少し、冷静な男になりたいんだけどなぁ。ほんと。

巻き戻して、巻き戻して。

手っ取り早く言ってしまうと、おれ、今でも走っている。毎朝、毎晩、三キロから五キロ（その日の気分や体調や天候で、調整する）、ほとんど欠かさず走っている。

村田への反抗心が身体のむずむずに負けちゃったわけだ。

走るのは気持ちがいい。

走っているうちに、気持ちの強張り（こわば）がほぐれていく。余談だけど、ランニングと温泉がタッグを組めば、心身の強張りなんて目じゃないはずだ。

去年の初夏、家族で和倉（わくら）温泉に一泊旅行に出かけた。

和倉は七尾（ななお）湾に臨む温泉地で泉質は無色透明の塩化物泉となる。もともと、海中から湧き出た温泉で、湧浦（わくうら）ってのが地名の由来だと聞いた（梅乃からだ）。

村田とぶつかってかなり消耗していたころだったから、もしかしたら家族が気を遣って、セッティングしてくれた旅行だったかもしれない（でもまぁ、〝みんなで勇作を元気づけよう〟という大義名分のもと、全員いそいそと和倉に向かったたってのが真実なんだろうけど。おれだって、家族がへこんでいたら〝梅乃、ガンバ〟とか〝親父に光を〟とか〝富士子さん、元気出せ〟とか適当なキャッチフレーズをつけて、温泉旅行を画策するもんな）。

んで、そのときも走った。新緑の風景の中を、いつもよりややペースを落として走り、宿に帰って入念なストレッチの後、温泉に浸かる。夕方と早朝の二回、これをやった。

生きていてよかったとしみじみ思った。別に、死にたいと思っていたわけじゃないけど、生きている快感が改めて染みとおってきた。

やっぱり温泉は最高だ。

うん？　ちがうぞ。今は温泉の話じゃなかった。ランニングだ。そうそうランニング。しゃくだけれど、村田の言うとおり、おれは走り続けているわけだ。自分で自分に舌打ちしたいぜ、まったく。

そんなに走るのが好きなんだったら、陸上部にでも入ればいいって思うだろ？　思ってるよな、もちろん。

おれ自身も、そう思う。

そうだよ、陸上部に入っちまえ、勇作。

って、自分を煽ったことも何度もあった。

けど、煽られても煽られても、おれは陸上部へと足が向かなかった。これはきっと、女の子のせいだと、おれは自分に言い聞かせた。

陸上部の女の子って、だいたい、筋肉質ですらりとしている。ぽっちゃり体形の子なんて、どこにもいない。せっかく、惜しげもなく手足を露出しているのに、筋肉質のかっちりと細い足が並んでいるだけなんて、悲し過ぎる。

陸上部は嫌だ。

「野球部じゃなくちゃ、だめなんだろ」

一良がため息をついた。

「いいかげんに認めろよ。つーか、認めてください。んでもって、とっととここに」

一良の指が入部届の氏名欄を叩く。

「名前を書き込んでくれ。それで、全部すんじゃうから」

「一良」

「なんだよ」

「おまえ、サラ金の取り立て屋みたいだぞ。バイトでやってんじゃねえだろうな」

「おれのこの顔で」

一良が今度は、自分の顔を指さす。

「取り立て屋が務まるわけねえだろうが。幼稚園の子でも、金、返してくれねえよ」

「確かに」

「勇作」

「なんだよ」

「さっきも言ったろ。おれはおれで忙しいんだ。おまえにばっか、構ってられねえんだよ」

「誰が、いつ、構ってくれって頼んだ。かってに上がり込んできて、**無理やり部屋に引きずり込んだくせに**」

「なんで、そこだけ大声出すんだよ、あほ」

「だって一良くん、いっつもそうなんですもの。自分のやりたいときだけ、あたしをお部屋に……あんまりだわ」

「勇作、本気で犯すぞ。いいかげん、調子こくの止めろ」

一良は鼻の上に皺を寄せ、低くうなった。

本人は威嚇のつもりなんだろうけれど、顔が顔だけに、クシャミしそうになっている猫にそっくりで、ちっとも怖くない。

むしろ、かわいい。

「おまえは野球をやりたい。そして、わがさいとう高校野球部には投手力が圧倒的に不足している。しかも。監督は鈴ちゃんだ。最強だよ。一度来てみろよ、病みつきになっちまうよ、お兄ちゃん」

一良は、的屋（テキヤ）のおっさんみたいな口調になっている。

「鈴木センセって、そんなにすげえ監督なのかよ」

「うん」

一良はあっさり、うなずいた。

「すげえのか」

「すげえよ」

「どういうところが？」

「そりゃあまあ、だから……もごもご」

「なんでそこで口ごもる。はっきり言え、はっきり。しかも自分で、もごもごなんて、なんだその擬音語は」

「いやぁ、でも、もごもごとしか言えねえんだよ」

「鈴木センセはすごくねえってことだな」

「いや、すげえ。あんな、すげえ監督、おれ初めてだ」

「だから、どこがどんなふうにすげえんだよ」

「だから……もごもごなんだ」

「一良、本気で犯すぞ。おれをなめんなよ」

「なめてない、なめてない。勇作なんか頼まれても、縋られても、拝まれてもなめたくない。どうせ、なめるんだったら……」

一良は口をつぐみ、頬から耳朶までを紅く染めた。

「はぁ、なめるんだったら誰をなめたいって?」

「いや、いやいや、なめる話じゃねえんだ。鈴ちゃんの話。その、どう言っていいかよくわかんないけど……えっと、えっと」

一良の黒目が忙しく動く。

どう言っていいかよくわかんないことを、それでもどうにか言い表そうと、かなり本気で言葉を捜しているらしい。一良の黒目は本気度のバロメーターだ。動けば動くほど、本気度は高い。

「おうっ」

一良が吼えた。何か思い当たったらしい。

「そうだ、反対なんだ」

「何に反対してんだ。購買のパンの値上げに、か」

「真反対なんだ、村田と」

「へ？」

おれは目を見開いて、一良を見上げた。一良は、飛び箱八段をクリアした小学生みたいな得意面で、おれを見下ろしていた。

「そうなんだ、勇作。鈴ちゃんと村田は真反対のタイプなんだ」

まぁ、そりゃあそうかもしれない。村田を村ちゃんなんて呼ぶやつは、どこにもいなかった。

「鈴ちゃんは、村田みたいに威圧的じゃないし、怒鳴らないし、『黙って、おれについてこい。文句は言うな』的な科白は絶対に言わない。それに、野球をやったことないんだ」

は？　なんて？

「安心しろ、勇作。村田と鈴ちゃんはまるで違うぞ」

いや、安心できないでしょう。安心しちゃだめでしょ。おれは、口の中の唾を無理やり飲み込んだ。何となく苦い。

「山本くん、山本一良くん。きみ、今、何て言った？」

「村田と鈴ちゃんはまるで違うぞ」

「その前」

「安心しろ、勇作」

「その前」

「だんいなとこたっやを球野」

「なんで、そこで逆さまに言う。は？　鈴木センセって野球をやったことないのか」

「うん」

「それで、野球部監督？」

「うん」

「おかしいだろ、それ」

「えー、そうかぁ」

「語尾を伸ばすな。いらいらする」
おかしいなんてもんじゃない。おれは、まだ十六歳の手前で野球の何を知ってい
るわけでもない。けど、監督というのは指導者だ。指導者って指導する相手よりも
経験豊富だからこそ、指導できるのであって、野球を知らずして野球部員に野球を
指導できるのかと考えると、それはやはり「否」と答えざるをえないのであって、
そういう意味からすれば、野球を知らない野球部監督なんてものは、ありえないだ
ろうという結論に達するしかない。
ということぐらいは、わかる。
「ちっとも、おかしくないと思うけど」
一良が首を傾げる。
「なんでだよ。野球と無縁だった監督なんて、ぜ――――ったい、おかし
い、変だ、奇妙だ、無茶だ」
「あー、それはちがう。ちがう」
一良がぱたぱたと手を振った。
「鈴ちゃん、野球部員だったんだ。野球をやったことはないけど野球部員。だか
ら、無縁ってわけじゃない」

おれは、顎を引き、まじまじと一良を見詰めた。野球部員なのに野球をやったことのないやつ。野球をやったことのない野球部員でありながら高校野球部の監督。

うわっ、どれも胡散臭すぎる。

全然、リアルじゃない。

「胡散臭くない、胡散臭くない。けっこう、リアル。こういうの、あるあるって感じだから」

一良がさっきよりも激しく、手を横に振る。生温かい風が顔に当たる。団扇みたいな手だ。

それにしても、やだね、こいつ。天の邪鬼じゃあるまいし、おれの考えてることが何で筒抜けにわかっちまうんだ。

突然、一良が前に屈みこんだ。

ラジオ体操、始めるのか？　と思ったら、膝の埃をはたいて正座をした。

「勇作、大事な話なんだ。真面目に聞いてくれ」

「え？　大事な話って今から始まるのか」

「そうだ」

「ちょっと待て。じゃあ、今までのは、もごもごも含めていったい何だったんだ」

「前振り」

「前振りってな、おまえ、忙しいんだろう。前振りなんて」

「いいから、聞けって」

一良がぐっと身を乗り出す。

すべすべお肌。柔らかい唇（確かめたわけじゃないです）。ちょっぴり青味がかった白目。

うーん。幼稚園の時から変わってない顔だ。これも、奇跡の一つだな。

「鈴ちゃんは、おれたちの高校の先輩で美術部と野球部に所属していた」

「はぁ、美術部と野球部」

似て非なるものだと言いたいけれど、まったく似てるところはない。まだ、入浴剤入りの風呂と温泉の方が似てるって面では近いかも。まぁその点については、山田家の面々から「待った」がかかる気がするが。

「大学もそっち系の学部に進学した」

そっち系って、つまり、美術系のことだよな。

「パステル画が好きで、これは本人から聞いたわけじゃないけれど、日展で何度か入選もしているらしい」

おれは、唐突に愛奈を思い出した。

「あたし、高校で美術部に入るの」

愛奈の一言がよみがえる。

「あたしが絵を描きたいって思ってるの、知らなかったでしょ」

まったく知らなかったから、おれは素直に「うん」とうなずいた。あのとき、愛奈の眸の中に影が走らなかったか。あれってもしかしたら「あ、やっぱりだめだ」と愛奈が思った瞬間だったのかもしれない。おれが「知ってたよ」と答えたら、いや、言葉だけじゃなくてテニス部でラケットを振っていた愛奈の中に、絵を描きたいという思いが潜んでいたことを本気で感じとっていたら、もしかしたら、ほんとにもしかしたらだけど、愛奈とは今でも続いていたかもしれない。

未練じゃない。これは……罪悪感かな。愛奈と付き合いながら、愛奈のこと本気で知ろうとしなかった。これじゃ、愛奈に「勇作くん、あたしとエッチがしたかっただけでしょ」と責められても(愛奈は責めたりはしなかったが)仕方ないよな。金を出して若い女の子を買うスケベオッサン(略してスケオサン)とあまり変わらないような……いや、そこまで言うとあまりに気分が下がり過ぎる。いくら、おれでも、そこまでは酷くなかったはずだ。

スケオサンとおれは、美術部と野球部以上の差がある。

でも、何でここで愛奈のこと、思い出したんだろう。まったく関係ないのに。

「勇作」

後ろ頭を叩かれる。

「まったく関係ないこと考えてただろうが。ったく、真面目に聞けって言ったのがわかんないのかよ」

「痛ってぇなあ。聞いてるって。おまえの話が回りくどいんだよ。で、鈴木センセと野球部の関係ってのはどこらへんで、出てくるんだよ」

「マネジャーだったんだ」

一良の答えがあまりに率直&即座だったものだから、おれの脳裡を赤い仮面にブーツのナントカ戦隊ナントカジャーがよぎった。ほんの一瞬だけどね。

「野球部のマネジャーだったのか」

「うん。美術部の会計もしてたそうだ」

「そっちはいいから。これから先、美術部に関する部分は、全面カットしてくれ。へぇ……ふーん、マネジャーね。それで野球をやったことないってわけか」

「そう。二年半、野球部のマネジャーをやってたって」

「それで、野球部監督?」

「うん。母校の野球部監督。何かかっこよくねぇか」

「ねぇよ。だいたい、マネジャーの経験だけで、監督なんか務まるのか。かなり無理っぽいぞ」

「そうなんだ。まぁ、そうなんだ。おれも最初はそう思った。けどな、勇作」

一良がさらに身を乗り出してくる。

おれは後ずさりする。

背中がベッドに当たった。

「一年目、一回戦敗退。二年目、三回戦進出。さいとう高校野球部が一回戦を突破できたのは実に二十年ぶりのことだ」

「ちょっと、待て」

おれは手のひらを一良の顔に押し当てた。

「おまえ、近過ぎ。離れろ。それと、もう少しわかりやすく話せ。鈴木センセがマネジャーをやっていたときの野球部の成績が、一年目はいつもどおり地方大会の一回戦敗退だけど、二年目は二十年ぶりに三回戦まで進めたってことだよな」

「よく、わかってんじゃん」

「それで……続けろ」

顎を引く。

一良がにやっと笑った。

「クリーンヒットを打たれた時の眼だな、勇作」

「え？」

「こんちくしょうって眼をしてるぞ。つまり」

一良はおれの目の前で人差し指をくるりと回した。

「かなり、マジ」

そして、おれが口を開く前に、いつもより早口でしゃべり始めた。

「そして、鈴ちゃんがマネジャー三年目の夏、さいとう高校は準々決勝まで進んだ。負けはしたけど、スコアは3対2。うちのガッコにそのときの記録が残ってんだけど、けっこう接戦だったな。しかもな、対戦相手が美嚢工業なんだぜ」

美嚢工業高校は、いわゆる古豪、強豪と呼ばれるチームだ。このところ低迷しているけれど、かつては甲子園の常連校だった。

「しかものしかも、そのときの美嚢って、史上最強とか言われて、地方大会で優勝し、甲子園でも準決勝まで進んでる。そこと競ったわけだ。しかものしかも、当時の美嚢の監督が引退するとき、地元新聞のインタビューで『今まで数限りなく試合をしてきたが、地方大会の準々決勝でのさいとう高校との試合が一番、印象に残っている。あれは、しんどかった』と語ってるんだ。これ、すごくねえか」

「それ、鈴木センセから聞いたのか」

「まさか」

一良が露骨に顔を顰める。

「あなたは、生卵（温泉卵含む）の中を泳ぐのが好きですね」

と、決め付けられ、生卵（温泉卵含む）風呂を用意されたときみたいな顔だ（生卵（温泉卵含む）風呂を前にした一良を見たことないので、はっきりとは言いかねるが）。一良は生卵（温泉卵含む）と鶏のトサカが苦手なのだ。鶏のトサカが食卓に上がることはまずないが、生卵（温泉卵含む）はけっこうな頻度で登場する。とくに、旅館の朝食には欠かせない。

一良が温泉旅館を警戒するのは、ひとえに朝食に出る生卵（温泉卵含む）のせいだが、この苦手を克服しない限り、梅乃と付き合うのはかなり難しいだろう。梅野は生卵（温泉卵含む）が大好物なのだ。因みに、蜆のみそ汁と胡瓜の浅漬けも好きみたいだ。

「鈴ちゃんはそんなこと一言も言わねえよ。ただ、おれが勝手に調べただけだ。なーんか、気になっちゃって」

「こまめだな」

「キャッチャーなもんで」

「ポジション、関係ねえだろう」

「それがあるんだとよ。やっぱ、大雑把だとキャッチャーに向かないらしいぞ」

「それって、鈴木センセの」

「うん、鈴ちゃんからの受け売り。ちなみに、こまめで外弁慶でちょっとMが入ってんのが、キャッチャー向きなんだって」

「ふーん。じゃあ、ピッチャーは？　やっぱS入りか？」

一良がまた、首を傾げる。初めてドブネズミと遭遇した子猫みたいな仕草だ。

「そうは言ってなかったけど……、あの……」

「なんだよ。また、もごもごか」

「つまり、鈴ちゃんが言うのにピッチャーって」

「うんうん、ピッチャーって」

今度は、おれが身を乗り出していた。

「マウンドに戻ってきちゃうやつのことなんだって」

ぐふっ。

奇妙な音をたてて、息が漏れた。一良じゃなくて、おれの息だ。げっぷとため息の中間みたいな息だった。

マウンドに戻ってきちゃうやつ……。

「マウンドをどうしても捨てきれないのがピッチャーって人種なんだよ、山本くんｂｙ鈴ちゃん。て、わけ」

一良は一人、真顔でうなずき、おれは無言で腕を組む。

「さらに、だから、山田くんは絶対に戻ってくるよ。彼はピッチャーだからねｂｙ鈴ちゃん。と続いたんだけど」

「あほくさ」

おれは息を吐き、やっと一言、口にした。

わかったようなことを言われたくない。赤の他人でしかない教師に、おれの何がわかるってんだ。おれ自身でさえ摑みかねているおれのことを、どうやって理解したんだ。鈴ちゃんでも鈴木センセでもいいけど、いいかげんなやつだ。むかっ腹が立つ。虫唾が走る。

なのに、おれはちょっとだけ心を動かされていた。

マウンドを捨てきれないのがピッチャー。

彼はピッチャーだからね。

言葉が胸にぶつかってくる。突き刺さりはしない。跡を残して跳ね返って行く。

その跡がちょっと疼いた。

「おまえ、やけに鈴木センセのこと気にいってるみたいだけど、べつに鈴木センセがマネジャーだったから、野球部が強くなったわけじゃねえだろう。たまたま、その年、選手の調子がよかっただけじゃないのかよ」

「いや、違う」

一良がかぶりを振った。『きっぱり』を動きにすればこんなふうになりますみたいな、きっぱりとした首の振り方だった。

「それは違うぞ、勇作。鈴ちゃんがマネジャーだったから、さいとう高校は強くなったんだ。絶対、そうだ」

「なにを根拠にそこまで言い切るんだよ。調べた資料にそんなこと載ってたのか」

「載ってない。おれが思ってるだけなんだけど」

「じゃっ、ただの思い込みじゃねえか」

「違うって！」

一良の声音に苛立ちがこもる。それに呼応するように、おれも苛立つ。なんで、苛立つのかわからないけれど、いらいらしてしまう。もしかしたら、一良が無条件で鈴木センセを信じているのが気に食わないのかもしれない。インチキ宗教にかぶれた息子の目を覚まさせようとする親の心境かも。

おまえ、騙されているのがわからないのかい、母さんは情けないよ、とほほ。みたいな。

「証拠を見せろ、証拠を」

おれは喚かないように自分を抑えながら、一良に告げた。それでも、親どころか駄々っ子に近い物言いになる。

「証拠か……」

一良が唸った。そのまま、しょんぼり項垂（うなだ）れると思いきや、堂々と胸を張るではないか。

「聞け、勇作」

「おう、聞くとも。言ってみろ」

証拠があるなら、ここに並べてみやがれってんだ。

「鈴ちゃんが、さいとう高校に赴任してきたのが六年前だ。それは、つまり、鈴ちゃんがさいとう高校野球部監督になったのが六年前ってことでもある」

「ややこしい言い方しなくても、わかる」

「それから二年後、さいとう高校は久々に三回戦まで勝ち進んだ。それはつまり、三回戦まで負けなかったってことだ」

「当たり前だろうが」

「そして、それからずっと地方大会の三回戦までは負け無しで進んでいるんだ」

「負けたら進めないだろうが。敗者復活戦があるわけじゃなし」

「どうだ？」

「なにが？」

「さいとう高校が躍進した陰には、必ず鈴ちゃんがいるんだ。誰が気がつかなくとも、おれにはわかる」

地方大会三回戦で躍進ってのも、ちょっとしょぼい気はするが、一良の言うことには筋が通っているような気もする。

う、やばい。

「なんか、陰の支配者、謎の怪人、闇のボスって感じだな」

茶化してみたけど、一良は笑わなかった。真顔のままだ。

「おれ、無条件で鈴ちゃんを信じてるわけじゃない。監督だけで勝てるわけがないってのも、よーくわかってる。プレイするのは監督じゃなくて選手なんだから、な」

一良がため息を吐いた。

なんだその、切なげなため息は。

「けど、鈴ちゃん、ほんと変わってんだ。おれ、ほんと言うと甲子園とかそんなに拘ってるわけじゃない。そりゃあ、行きたいけど、絶対の絶対の絶対の絶対の絶対、出場したいんだって拘りはないわけ。高校三年間、野球を……ポポちゃんや早雲や勇作と一緒に、野球をやれたら、それでいいって考えてた」

一良は早雲の下に、控え目におれの名前をくっつけた。

「けど、鈴ちゃんっておもしろいんだ。なんか、おれたちが知ってる監督とまったく違うし、わけわかんないんだ。甲子園と有馬温泉をセットにしちゃう発想、フツーしないだろう。山田家ではアリかもしれないけど」

「いや、さすがにそのセットはなかったな」

「だろ。おれさ、一度、勇作に鈴ちゃんと野球をしてもらいたいんだよ。ショージキ、おまえが誰に意地張って、野球からそっぽ向いてるのか、おれ、わかんねえし」

おれだって、わかんない。

けど、けどな、一良。おれ、たぶん、意地を張ってるんじゃなくて、ビビってるんだと思う。野球、好きだから、野球に関わって疎外感とか孤独感とかもう味わいたくないって思ってんだ。

ごめん。弱っちくて、ごめんな、一良。

「強くなる方法なら、よく知ってるよ、山田くん」

鈴木センセの言葉が頭の中に響く。

あの不敵な笑みが、浮かぶ。

今日は、いろんなものがよみがえってくる日だ。

マウンドを捨てきれないのがピッチャー。

本物のピッチャーは必ずあそこに戻ってくる。

背筋が震えた。

「捕ってやるから」

一良が呟く。

「おまえの球、おれが絶対に捕ってやるから。だから、勇作」

一良の双眸が煌めいた。

やり過ぎだ。スポ根、地でいってんぞ、一良。

「だから、お試し期間頼む」

「はい？」

「さいとう高校野球部お試し期間。一ヵ月、入部してくれ」

「はい？」

「山田くん、お試しで一月だけ、ぼくたちと野球してみようよｂｙ鈴ちゃん。これ、うちの監督から伝言」

「お試し期間って……そういうの、ありなんだ」

「みたいだな。うちの野球部に限ってはありみたいだな」

おれと一良は顔を見合わせたまま、ちょっとの間、黙り込んだ。

先に、おれが口を開いた。

「へんてこだな」

「さいとう高校野球部がか」

「うん」

「だろ。最高にへんてこなんだ。課題図書とかあるし」

「課題図書ぉ？」

「そう、毎週一冊課題図書があって、金曜日のミーティングの時間に本の感想を言い合うんだ」

「野球に関する本を読むわけか？」

「野球は関係ない。先週は『お江戸の小噺（こばなし）、艶話（つやばなし）』だったし、その前は『小さなルータンの大冒険』だった。今週は『名探偵は日曜日を愛する』だ」

「三冊とも読んでないけど、体系立ってるようにはとても思えないセレクトだな」

「まったく関連性はないと思う。おれの読みだと、来週あたり料理の本が来るんじゃないかな。だいたいが図書室の本を回し読みするから、あんまり分厚いやつはNG」

　一良が胸の前で両手を交差させる。

「お試し期間に、課題図書か……」

「へんてこだろ」

「間違いなくへんてこだ」

一良は大きくうなずいた。満足気な顔をしている。

「そうなんだ。へんてこなんだよ。だから、絶対、勇作に入ってもらいたいんだ。もう四月も終わりだし、お試し期間サービスも四月いっぱいで終わっちまうんだ」

「終わったらどうなるんだよ」

「五月のサービスが始まる」

「じゃあ、別になんも変わんないわけだ」

「いや。四月だけは特別に、購買のパン券五百円分がついてるんだよな」

「なに、ほんとか」

「ほんとだ。購買のおばちゃんが鈴ちゃんのファンで、特別券をくれたそうだ。パンにしか使えないけどな」

「お試し期間、課題図書、パン券……」

「へんてこだろう」

「紛れも無くへんてこだ」

「だから四月のサービス期間中に入ってくれ。でもって、おれに購買のタコウィンナーパンをおごってくれ」

おれは一良を見た。それから、手の中の入部届を見た。

「これから強くなるんだ」

鈴木センセの声がまた、頭の中で響く。

いい声だった。

太くも細くもなくて、硬過ぎも柔らか過ぎもしなかった。ほどよく茹でられたパスタみたいな声だった。

胸の辺りがわくっと動いた。

へんてこな野球部のへんてこな監督とどんな野球ができるのか。考えただけで、わくっわくっと胸の内が蠢く。

顔を上げる。

一良が愛想笑いをしていた。

翌日、おれはさいとう高校野球部へ入部した。

そして、五百円分のパン券をもらった。

さいとう市立さいとう高校野球部について、おれの話はどんどんどんどん続いていく。

その七、購買のおばちゃんは妙に色っぽいけれど、それは野球とはまったく関係ない

さいとう高校購買部のおばちゃんは、妙に色っぽい。美人じゃないけれど色っぽい。年は四十七歳だそうだが、色っぽいので年齢不詳ってかんじだ。栗色に染めた髪を肩まで伸ばし、毛先をくるんとカールさせている。白い三角巾をつけて白い上っ張りを身につけている。

そのカールの具合が色っぽいだの、三角巾があんなに似合うおばちゃんなんだから色っぽいんだとか、パンを並べる手付きが半端じゃなく色っぽいとか、色っぽい談義は尽きない。あの手で、おれも並べられてみたい。さぞや気持ちいいだろうと、よくわからん妄想を掻き立てるやつもいる。

四十七歳にして、男子高校生に色っぽいと言わせる購買のおばちゃん、恐るべし。

「あら、パン券だわ」

おれの差し出した五百円分のパン券を見て、おばちゃんは目を瞬かせた。ちょっと掠れた声が色っぽい。

「ということは、インターンシップ中の野球部員ね」

「インターンシップ？」

「お試し期間中なんでしょ」

お試し期間をインターンシップと言い換えるおばちゃん、やはり、ただ者ではない。

「あ、タコウィンナーパン、売り切れだ」

一良が悲痛な声をあげた。

購買はちっちゃなコンビニみたいなもので、けっこう、多種多彩な品々を売っている。ノートやボールペンといった文房具はもちろん、制服のネクタイや校章入りの靴下はもちろん、カップラーメンや弁当はもちろん、牛乳やジュース（百パーセント果汁のやつ）はもちろん、茶碗や湯呑みはもちろん……じゃなく、どうしてだか売っている（去年までは、歴代横綱や歴代首相の似顔絵が並んだ湯呑みがあったとか。さらに一昨年までは超レア物の歴代防衛大臣の湯呑みもあったとか。歴代大臣の顔は、髪形が違うだけでみんな同じだったとかのうわさもある。とうてい、信じられないけどね）。避妊具や煙草は、当たり前だけど売っていない。パジャマや枕も売っていない（ただ避妊具については、おばちゃんにそっと「グンニヒくださ い」とささやくと、レジの下の紙箱から出してくれるという話が実しやかに伝えられてはいた。まぁ、おばちゃんの色っぽさがらみのガセネタだと思うけど）。

パンは、購買では売れ筋のスター商品で、三段組みの棚の上で、プラスチックのトレイに並べられている。タコウィンナーパンのトレイは空っぽで、売り切れの赤いカードが右縁にクリップで留めてあった。

「あぁ、タコウィンナーね。今日はどうしたことか売れ行きがよくて、よくて、十一時前にはきれいに完売しちゃった」

おばちゃんが、憐憫の眼差しを一良に向ける。

「そんなぁ。おれ、大好きなのに……がっかり」

一良は〝がっかり〟を身体で表現すべく、深く項垂れた。まぁまぁ気の毒ねえとおばちゃんが色っぽく微笑む。

「一良、早くしろよ。早く選ばないと、勇作の気が変わっちまうぞ」

田中一慶（かずよし）ことポポちゃん、いや、ポポちゃんこと田中一慶がコロコロサツマイモデニッシュを右手に左手をおいでおいでをするように動かした。

「気なんか変わんねえよ。おごるといったらおごる」

「おっ、太っ腹だね。謝謝（シエシエ）、謝謝」

ポポちゃんは、昔顔だ。顎が張っていて目が細い。身体もでかいけど顔もでかい。野球の帽子よりチョンマゲ鬘（かつら）が似合う。中学のときから一緒に野球をやっている。おれが入部届を提出してきたと言ったら、口を半ば開けて、

「やっとかよう。今まで何してたんだ。ボケ」

と、言った。それから「やれやれ、やっとピッチャーがそろった」と息を吐き出した。それから、「パン券、もらったか」と尋ねてきた。おれがもらったと答えると、とても真っ直ぐに「おごってくれ」と縋って来た。

「頼む、勇作。おれ、腹減って死にそうなんだ。いや、死ぬ。確実に飢え死にする。胃の中、からっぽだ」

「弁当、どうした？」

「持って来てねえよ。昨夜（ゆうべ）、おふくろと喧嘩したんだ。別にどーってこたぁない話

なんだぜ。風呂上がりのおふくろに『また太ったな』って言っただけだぞ。くそっ、それでマジギレしやがって。弁当どころか朝飯も抜きで、しかも、小遣いも底をついてて……」

「そりゃあ惨いな」

男子高校生が、朝飯抜き、弁当無しなんて惨いとしか言いようがない。聞くだけで涙が出る。

しかし、まぁ風呂上がりの母親に向かって「また太ったな」なんて科白をぶつけるポポちゃんも、ポポちゃんだ。正直の上にバカ×5がつく。あまりに考え無し過ぎ。

「太った」「老けた」「不細工だ」は、母親だけでなく女性に対する三大『フ』禁句なのだ。因みに「きれい」「かわいい」「感じがいい」の三大『カ行』褒め言葉ってのもある。

とはいえ、朝飯抜き、弁当無し、小遣い無しの三重苦に喘ぐポポちゃんに、おれはいたく同情しパンをおごることにした。

「かわいそうに、苦労したな。よくぞ今まで耐えた」

「勇作……」

ポポちゃんの双眸が潤む。

「わかってくれるか。やっぱり、持つべきものはパン券付きの仲間だ。ありがとう、ありがとう、勇作」

おれとポポちゃんはがっしりと抱き合い、互いの友情を確かめ合った。

おれは、富士子さんと喧嘩していないので、ちゃんと大判弁当を作ってもらえる。食後のデザートがわりにメロンパン大一つで十分だった。一良は、タコウィンナーパンを諦め（売り切れなんだから、諦めざるを得ない）、焼きそばパンを選んだ。ポポちゃんが、「うおっ、焼きそばパンか。それも捨て難いなぁ」と黒目を泳がせる。おれは、友情を確かめ合った仲として、ポポちゃんに追加で焼きそばパンをおごることにした。さらに購買のおばちゃんが、おれたちの友情の熱さに感動し、ポポちゃんの哀れな境遇に同情して、パック牛乳を三つ、おまけしてくれた。

「いいのよ。牛乳はいつも売れ残っちゃうんだから。持っていきなさい。パンだけ食べてちゃ、喉に引っ掛かるでしょ」

おばちゃんは色っぽいだけでなく男気も満点の人なのだ。

「けど、パン代だけで五百五十円になっちゃうぞ」

ポポちゃんがコロコロサツマイモデニッシュと焼きそばパンを手に、瞬きを繰り返す。

「いいさ。五十円、おれが自腹で払う」

「ゆっ、勇作……すまん。これで、おれは完全に生き延びられる。この恩はさいとう高校一年生の夏休み終了までは、絶対に忘れないぞ」

「感謝も期間限定かよ」

「人生、そんなもんだ」

なんだかんだ言いながら、おれたちは購買でおばちゃんからパンを買い、パック牛乳をおまけしてもらい、中庭の銀杏（いちょう）の樹の下でパクついた。

「だけどな、ポポちゃん、いつまでも朝飯抜き、弁当無しですませるってわけにはいかないぞ」

「わかってる。しかし、あのくそおふくろに頭を下げるのも無茶苦茶、悔しい。ああ、金が欲しい。金さえあれば購買のパンを買い切って、みんなにおごれるのに」

「いや、自分の分だけ確保すりゃあいいから」

おれはメロンパンの最後の一欠けを口に放り込む。

購買のパンは、さいとう駅前にある『石田（いしだ）ベーカリー』から納入される。『石田ベーカリー』のメロンパンは昔から、好物だ。実は、いつまでも帰宅部が続くようなら、『石田ベーカリー』でバイトをするつもりだった。『石田ベーカリー』のおじさんとは顔馴染で、この前、寄ったら「勇作、暇ならいつでも働きに来い」と言ってくれた。パン好きだし、おじさん良い人だし、おばさんアンパンそっくりの丸顔だし、居心地いいのはわかっている。居心地のいい場所で働いて、バイト代もらえるのなら、言うことなしだと、考えていた。でも、野球部に入ったからには（お試し期間とはいえ）、そうはいかない。野球とバイトを二股かけられるほど、おれは器用じゃない（見た目はかなり器用に見えるらしい）。女の子の二股かけ、三股かけなんて簡単、手軽のチャラ男にも見えるらしい）。野球もパン屋のバイトも女の子との付き合いも、そんなに甘くないはずだ。

「で、勇作」

一良がパック牛乳を一気飲みし（ストローでの一気飲みは意外に難度の高い技だ）、パックを拉げさせた後、おもむろにおれに顔を向けた。口の端に焼きそばのソースがついている。

「どんな感じだ？」

「どんな感じってのは、野球部のことか。『石田ベーカリー』のメロンパンのことか」

「メロンパンについては、別にコメントいらない」

「あ、うん。まぁなぁ。昨日初めて部活に参加したわけだし……しかも、野球の練習とかやらなかったし……何か、やっぱり、へんてこだよな」

「だろ」

一良が笑う。えらく爽やかな、可愛い笑顔だ。

一良は、さいとう高校野球部に対するおれの感想をずっと聞きたかったのだろう。パンを食って、牛乳飲んで、「よし、このタイミングだ」みたいな勢いで、しかし、できるだけ何気なさそうな調子で尋ねてきたのだ。そして、おれの「へんてこだ」の一言に、我が意を得たりって気分になった。こいつは、嬉しかったり得意になったりすると、とても爽やかな可愛い笑みを浮かべるのだ。

おれは、飲み干したパック牛乳に視線を落とした。耳の下にリボンをつけた雌牛(リボンつけてるんだから、雌なんだろう)が、こっちを向いてウィンクしている。

へんてこな絵だ。

でも、さいとう高校野球部の方がもっとへんてこだった。

「はい。では、お試し期間に応募してくれた一年生の山田勇作くんです」

鈴ちゃんこと鈴木監督がおれを紹介すると、拍手が起こった。半端ない拍手で、「いいぞ」とか「まってました」とか「山田ぁーっ」とかの掛け声が混ざる。おれは、ただ呆れてしまい、かつ戸惑い、ちょっとの間、目の前にいる野球部の面々を見詰めてしまった。

ざっと三、四十人ぐらいだろうか。一良やポポちゃんや早雲といった見知った面もあるし、どっかで見たような気がする程度の人もいるし、まるで知らない顔もある。

みんな野球のユニフォームを着て、床に座っていた。グラウンドじゃなくて、床だ。そこは、西校舎三階にある多目的教室だった。多目的とは使用目的が多くあるということなんだろうが、要するに何もない広いスペースだ。広いけれど、室内の後ろ半分に長テーブルとパイプイスが積まれ、前半分に野球部員四十人ちかくが座ると、さすがにちょっと手狭な感じがする。

しかし、何で多目的教室なんだ？

外は快晴！　とまではいかないが、薄曇り、微風で、練習にはもってこいの天候だった。大雨が降っているわけでも、雷が鳴っているわけでもない。グラウンドが何かの理由で使用禁止になっているわけでもなかった。

なのに、多目的教室？

「どう、山田くん？」

鈴木監督が眼鏡の奥で目を細める。

「はぁ、どうって……」

「みんな、ユニフォーム着てるよね。しかも野球の」

サッカーやバスケのユニフォームを着ているやつはいなかった。水着や廻しのやつもいない。確かに、おれの前には、野球のユニフォームを身につけた四十人ぐらいの男が座っている。

でも、それってある意味、当たり前でしょ。いや、ある意味もない意味もなく、当たり前だ。

みんな、野球部のメンバーなんだから。

「山田くんも着たいでしょ」

鈴木監督がほわんと笑う。ほんとに、ほわんって感じの笑い方だ。柔らかくて、優しげだ。

うわっ、ぽっちゃり丸顔の女の子が湯煙の向こうで、こんな笑みを浮かべたら、おれはきっとその場でプロポーズしちまうだろう。白濁湯の露天風呂かなんかで、

「山田くんも着たいでしょ」とにっこり……おれ、何でも着ちゃうね。風呂の中でもく●モンの着包み着て泳いじゃうかも。

「ね、野球部のユニフォーム、着たいよね」

鈴木監督が一歩、近づいてくる。

お試し期間中は、スポーツウエアーでの練習参加となるので、おれは、学校指定の白いスポーツウエアーを着ていた。

「はあ、それは、まぁやっぱり……着たいですけど」

「だろ？　はい、井上くんと山本くん、お願いします」

「うっす」

「はいっ」

二つの声が重なって、一良ともう一人、一良とほぼ同じ背丈の男が立ち上がった。

「山本一良くんについては紹介の必要はないよね」

「はっ？　紹介？　あっ、はい。まったく必要ないです」

「井上くんは初対面？」

「は？　あっ、はい。初対面です」

「では、井上くん」

「うっす」

井上くんはどしどしと三歩、歩いて、おれの前に立った。スポーツ刈り、ぎょろ目、しっかりした太い眉、そして、頬に白い傷痕があった。まさか、その筋の人じゃないよな。

「山田勇作くん、我がさいとう高校野球部にようこそ」

井上くんはここで九十度の角度（おれの目測では）で、身体を前に折った。つまり、おれに一礼したのだ。

「あ、いや、どうも」

おれも慌てて頭を下げる。下げるとき、一良が横を向いて笑っているのが見えた。

「三年一組、井上卓也。さいとう高校野球部のキャプテンでサード、打順は今のところ四番です」

三年？　キャプテン？　せっ、先輩かよ。

「趣味は映画鑑賞とガーデニング。好きな食べ物は天麩羅うどんと天麩羅そばです。今のところ大きな悩みはありませんが、少しバッティングフォームに乱れがあるようで不安でもあります」

「あ、それは……どうも」

ご愁傷さまですと言いかけて、慌てて口をつぐむ。

「今年こそは甲子園そして有馬温泉への切符を手にしたいと、はりきっています」

「はぁ、やっぱ有馬温泉込みなんですね……」

「込みです。で、これが」

井上くん、じゃなくて、井上さんが一歩、さがる。腰に両手をおき胸をそらす。

それから、身体をゆっくりと回した。

何をやってんだ？

「さいとう高校野球部の正式、試合用ユニフォームです」

ユニフォームはうっすらと青味をおびた生地でできていた。

胸に『ＳＡＩＴＯ』とローマ字でロゴが入っている。袖の所に濃紺の筋が二本入り、それがなかなか粋に見えた。

「でもって、これが普通の練習用のユニフォーム」

一良が腰に両手をおいて胸をそらした。ゆっくりと身体を回す。

こちらは、白くてそっけないほど単純な、いかにも〝野球のユニフォームです〟

的なユニフォームだ。ただ、その単純さが、けっこう胸にぐっとくる。試合用であろうと練習用であろうと、青でも白でも、野球のユニフォームって、こんなにも格好よかったんだな。

もう何ヵ月も身につけていない。

「山田くんならこのユニフォーム、似合うと思うなぁ」

鈴木監督が呟いた。

「は？　なんて？」

「いや、山田くんがこのユニフォーム着たら、さぞかし映えるだろうと思ってさ、何てったって着なれているわけだから。やっぱり、基礎の着こなしができてると、違うからねえ」

鈴木監督は着付け教室の講師のような口振りになっている。さらに、呟きは続く。

「今なら、三割引なんだよ」

「は？　なんて？」

「今なら在庫処分で、うちのユニフォーム三割引で買えるんだ。しかも、ストッキングが二足、おまけで付いてくるんだ。ものすごいお得感あるだろう」

「はぁ……」

「三割引！　監督、それ本当ですか」

井上さんがこぶしを握る。

「そうなんだよ、井上くん。四月いっぱいは三割引、ストッキング二足付きなんだ」

「なんてこった。そんなお得な話になっていたなんて。うっ、羨ましい。これからユニフォームを買うやつが羨まし過ぎる」

井上さんのこぶしがわなわなと震えた。

何なんだこの下手な、下手なわりに迫力のある芝居は。

おれは組る思いで、一良を見た。一良もおれを見返した。見返した後、

「三割引だって、いいなあ。羨ましいなあ」

と、科白を棒読みした。まるで芝居になっていない。幼稚園の発表会以下だ。

「というわけで、これにサインすると山田くんは三割引で、このすてきなユニフォームを手に入れられるというわけだ。もちろん、ストッキング付きでね」

鈴木監督は手品のようにノート大の白い紙を取り出すと、おれの目の前でひらひらと振った。

「これは……」

「いや、たいしたもんじゃないんだ。野球部へ本気で入部してもいいですよって、そういう気持ちになったときに届け出る用紙みたいなもんで」

「正式な入部届ですね」

「うん、まぁそうとも言うかな。はい、さらさらっとサインしてください」

「はぁ、でも、一応はお試し期間なんで、お試しさせてもらってからでいいかなと……」

入部届がまた、手品のように消えた。

「そうか、そうだよね。ちょっと早まったかな。いやぁ、山田くんが仮でも入部してくれて嬉しくて舞いあがっちゃったかな。ははは、焦り過ぎてごめんね」

鈴木監督がひょこんと頭を下げる。

「いや別に、謝ってもらうほどのことじゃないんで」

おれは、恐縮というか狼狽（ろうばい）というか、身の置き所がないというか、居心地が悪いというか、尻の辺りがむずむずするというか、ともかく、どうしていいかわからない。

おれの中にはまだ、〝上下関係、これを侵すべからず〟的な体育会系思考がしつこく残っているようで（それを理不尽にも感じるし、反発も覚えたくせに）、監督とかキャプテンとかから、こんなにあっさり頭を下げられると恐縮というか狼狽というか……。一良の言う通り、へんてこなところだ。

「しかし、山田くん」

井上さんがさっき退いた一歩分、近づいてきた。

「我々は、本気できみに入部して欲しいと望んでいるんだ」

井上さんは、きっと、ものすごく地声の大きな人なんだろう。普通に話しているだけなのに、わんわん響く。おれ以外は、みんな慣れているらしく、耳を塞ぎも、指を耳の孔に突っ込みもしなかった。もちろん、おれだってしない。そのくらいの礼儀は心得ている。井上さんが三年生でキャプテンだからではない（それも、少しはあるけど）。井上さんが、おれに向かってちゃんと語りかけてくれているからだ。上から目線じゃなく、威圧するでも一方的に命令するでもなく、対等に語りかけてくれている。そういう語りはきちんと聞くべきだ。たとえ、鼓膜がびんびん震えるほどの大声であっても。

けど、井上さん、もう少しボリューム下げても、いいっすよ。

おれの心の声は届かなかったらしく、井上さんの声量はさらに大きくなった。

「そのわけを今から、きみにちゃんと説明したいので、よろしく」

鼓膜、痛いです。井上さん。

「では、ここで、さいとう高校野球部副キャプテンの木下にチェンジします。木下、後を頼む」

「はい」

前列の端から、男が一人腰を上げた。

ひどく顔色が悪くて、痩せている。

病み上がり？

「あぁ、どうもぉ。副キャプテンをやっております、木下春人です。井上キャプテンと同じ三年一組に在籍しております。趣味は読書とお菓子作りです」

木下さんと入れ替わりに腰を下ろしていた一良が、また、勢いよく立ち上がった。

「勇作」

熱のこもった声でおれを呼ぶ。

試合の前によく、この声を耳にした。

「勇作、やろうぜ」

一良はそう言って、ミットを勢いよく叩いたのだ。試合前は必ず。

一良は、今、ミットのかわりに手のひらをこぶしで叩いた。パシッと乾いた音がした。当たり前だけどミットの音とはちがう。ミットはもう少し張り詰めた低い音をたてる。

「木下さんのパティシエとしての腕はプロ並みで、特に、チョコレートケーキとレアチーズケーキは絶品なんだ」

一良はパティシエとやけにきれいな発音で口にした。木下さんが細い指をそろえ小刻みに振る。

「山本。それはちょっと大袈裟過ぎ。ほんのシュミだから、テキトーに作ってるだけだから」

「いや、先輩。謙遜はしないでください。この前、配ってくれたプチケーキの美味かったことといったら、なぁ、早雲」

「うん、美味かった、美味かった」

早雲まで立ち上がり、大きく相槌を打つ。

「あんな美味いケーキ、食ったことなかった。マジで美味かった。今思い出しても、涎が出る」

早雲は両手で頬をはさみ、息を吐き出した。ほんとうに涎を零しそうな口元だ。目が潤み、口の締まりがなくなり、せつなげな吐息を漏らす。早雲も演技の才能があるとはお世辞にも言えないやつだから、これは本気の恍惚か？　因みに、レアチーズケーキはおれの大好物だ。温泉からあがって飲む冷えた牛乳の次ぐらいに好きだ。

「やめろよ。二人とも、恥ずかしい」

木下さんは本当に恥ずかしそうに俯いてしまった。青白い頬にほんのりと血の気が差している。

「勇作」

今度は早雲がおれを呼んだ。

「なんだよ」

「我がさいとう高校野球部のクリスマス会は、チョー豪華だぞ。木下さんの特大クリスマスケーキとレアチーズケーキをたっぷり食えるんだ。しかも飲み物付きだぞ。しかものしかも、一人、たったの二百円」

早雲がVサインをおれに向けた。Vサインじゃなくて、二百円の意味なのかもしれない。

「二百円っていうのは一応、材料費なんだ。クリスマスは特に材料に凝っちゃって、上等なのを使うんで。数もけっこう多くて、最低十ホールぐらい必要だし。申し訳ないとは思ってるんだけど、どうしてもそれくらいかかっちゃって……申し訳ない」

木下さんが申し訳なさそうに肩をすぼめる。声量は井上さんの四分の一ぐらいだ。

明るい日向から不意に暗い室内に入ると、真っ暗で何も見えなかったりするけど、耳も同じらしい。大音量の後ではぼそぼそした呟きは、正直、とても聞き取り辛い。

ただ、一良と早雲が何を言いたいのかは、手に取るように理解できた。

「要するに、さいとう高校野球部に正式に入部すると、木下さん手作りのとびっきり美味いケーキが二百円で食べ放題だというわけか。クリスマス限定だけど」

「当たり」

「さすが勇作、鋭い」

二人が笑顔で親指を立てる。

おれは唸った。

一良も、早雲も、体育座りをしてさかんにうなずいているポポちゃんも、本気でおれを入部させようとしている。

本気だと思うのは自惚れじゃないよな、きっと。

本気で、本気でおれを誘ってくれる。

嬉しい。

そして、こいつらは本気でさいとう高校野球部が好きなんだ。口振りから、伝わってくる。柔らかくて軽やかだ。いっしょに楽しもうぜって気配に満ち満ちている。こいつらが好きなら、本物ってことだ。本物の野球ができるってことだ。

おれは、もうこの時点で、というか、お試し期間の届にサインしたときに心は決まっていた。

ずっと野球をやりたかった。

ボールが握りたかった。

一良のミットに向けて、そのボールを投げ込みたかった。

本当は疼くように求めていたのだ。

さいとう高校野球部か……いいかも。

でも、正式に入部するのは、もう少し後にしようと思う。

有馬温泉は別格として、
五百円パン券。

ユニフォーム三割引、ストッキング付き。

クリスマス会でケーキ（チョー美味）食べ放題。

次々出てくるサービスが無茶苦茶愉快だった。次は何が出てくるかわくわくする。

こんなわくわく、久しぶりだ。

温泉旅行に出かけ、風呂場の戸を開ける直前みたいな気分だ。旅行の前にはインターネットで検索して、風呂のチェックはしていくのだが、やはり、生で感じるのとは大いなる違いがある。

湯の質とか、匂いとか、風呂場の雰囲気とか、露天風呂からの風景だとか、身体に染み込む温かさだとか、やはり、生の身体で感じないとわからないのだ。

だから、わくわくする。

その胸の高鳴りとよく似たわくわくが胸に満ちる。

わくわく。

木下さんが控え目に空咳（からぜき）をした。

「えっと、まぁ、ケーキの話はおいといて、我がさいとう高校野球部になぜ、山田勇作くんが必要なのか、チームを代表して説明いたします」

拍手が起こる。

木下さんが、ふらふらした足取りでホワイトボードの前まで歩く。貧血？ 低血圧？ だいじょうぶか、木下さん。

木下さんは青いマーカーをとりあげると、ボードの上に円を描いた。円周を五等分しそれぞれの頂点から中心へと直線を伸ばす。その線をさらに四等分した目盛りをつける。

その間、僅か数秒。

しかも、円も直線も歪みや曲がりがまったくない。この目で見ていなければフリーハンドとは信じられなかっただろう。

木下さんは五つの頂点の上に、守備力（投手力除く）、投手力、攻撃力、チームワーク、運、とこれも活字のような完璧に整った文字を記していった。

レーダーチャート？

守備力（投手力除く）４。投手力２。攻撃力３。チームワーク４。

運（ここだけ点線になっていた）３？

それぞれを線で結ぶ。

投手力のところだけが引っ込んだ歪な五角形ができあがった。ボードに印刷されたような図形をおれは黙って、凝視する。

「これが、さいとう高校野球部の現状です。これについて説明し、その後、ミーティングに入りますよぉ」

木下さんが軽く咳き込む。

風邪？

おれは首を傾げる。

野球の練習じゃなくて、ミーティング、つまり話し合いをするという。さっきから、ずっと誰かがしゃべり続けているのに、さらに、しゃべるわけ？

振り返り鈴木監督をちらりと見やる。

監督はおれの目を見詰め、ちょっとだけ笑った。

「グラフを見れば一目瞭然ですが、決定的に投手力が不足しています。これを補うためには新たな投手力の導入、つまり、ピッチャーの獲得しか道はありません」

拍手。

え？　ここでも拍手？

おれも釣られて、つい、拍手してしまった。おれ、ほんとに釣られ易い。ほんと、魚に生まれなくてよかった。つくづく思う。

「中学時代、剛腕のピッチャーとして鳴らした山田勇作くんが、もし、もし、もし、我がさいとう高校野球部に入部したとすれば」

木下さんは赤のマーカーで、投手力を二段階アップの4に直した。

「こうなります。ほぼ、理想形と言えるでしょう。理想形とは、つまり、甲子園と有馬温泉が射程に入るという意味です」

拍手。

おれは今度は釣られなかった。拍手なんてしている場合じゃない。

「ちょっ、ちょっ、ちょっと待ってください」

声が裏返ってしまった。我ながら、ちょっと情けない。

「おれ、剛腕投手なんかじゃないです。そんなにすごくないですから。そっ、それに、おれ、中学の最後の年は、まったく試合とか出てないし、つまり実戦から離れちゃってたわけで。それなのに二段階アップはないと思います。そんなに期待されたら、はっきり言って困るんですけど」

木下さんがうなずく。うなずきながら、苦しげに胸を押さえた。

動悸？　息切れ？

しかし、木下さんは変わらぬぼそぼそ声で、さいとう高校野球部の部員たちに問いかけた。

「では、ここからミーティングに移ります。山田くんの発言に対し意見はありますか」

手が挙がる。

「はい、杉山くん」

「うっす。二年三組、杉山亮太です。渾名はコンガリくんです。得意な教科は体育と歴史です。山田くん、よろしく」

「あっ、はい。よろしくお願いします」

杉山さんは、日サロに四十八時間居続けたのかと思えるほど日に焼けていた。渾名はコンガリくん以外にはあるまい。

「おれも、二段階アップはやり過ぎだと思います。一段階アップの3でいいんじゃないですか。山田くんの力はまだ未知数だし、一年生なんでこれから育つわけだから、プレッシャーかけない方がいいと思います」

「なるほど。他には……、はい、小川くん」

「はい。一年二組の小川哲也（てつや）です。渾名は中学のときは、ご住職でした。山田くん、ようこそ、いらっしゃい」

「どうも……」

小川は丸坊主でほっそりした男だった。

うーん、確かに数珠（じゅず）が似合いそうだ。ご住職とはなかなかのネーミングではないか。

「今の杉山さんの意見には賛成です。もう少し付け加えると、山田くんは一年間、実戦から離れていたと言いましたが、それは、かえって肩のためにはよかったんじゃないでしょうか。軟球と硬球は重さが違うので、軟球から硬球に移ると肩を痛めやすいと聞いたことがあります」

へぇ、そうなんだ。

もしそうなら、村田との確執で悶々として過ごした月日もまんざら無駄じゃなかったんだ。

「山本くんの話だと、山田くんはしっかり走り込みをしていたそうなので、下半身は鍛えられているし、やはり期待大だと思います。でも、最初からあまり期待し過ぎるのはよくないとも思います」

一良、おまえ、おれの情報を流したな。

目で合図する。

そうだよ。おれが流したよーん。

一良が目で返事をする。

また手が挙がる。

「はい、伊藤くん」

「はい。二年二組の伊藤司です。趣味はペンキ塗りとカラオケで、得意な学科は生物と音楽です。今の小川の意見ですが、確かに山田くんに無用のプレッシャーをかけるのはよくないと思う。でも、夏までには、そんなに時間がないんだから、やはり投手力のアップは緊急の課題だとも思う」

「なるほど。はい、山川くん」

という具合に、二時間近くミーティングは続き、結局、おれに期待しつつも、もう少し大らかにやっていこうという結論になった。

ミーティングは最低でも週に一度は行われていて、テーマはキャプテンが部員と相談して決定するとのこと。因みに今回のテーマは『投手力と野球部の現状』だったらしい。

「へんてこな野球部だよな」

おれはメロンパンの粉のついた手をはらい、銀杏の根元に転がった。濃い緑の葉がざわざわと鳴っている。これが黄色く色変わりするなんて、ちょっと信じられない。

「へんてこでおもしろいだろう」

ポポちゃんはそう言うと、コロコロサツマイモデニッシュの欠片を口に放り込み、未練がましくいつまでも噛んでいた。

「もっと、おもしろくなるぞ」

一良が立ち上がり、大きく伸びをする。

「今日はグラウンドで練習だ。勇作」

「うん?」

「久しぶりに野球ができるぞ」

一良がおれに向かって、こぶしを突き出す。おれは、起き上がり、一良のこぶしに自分のこぶしを軽く当てた。

久しぶりに野球ができる。

心臓の鼓動が速まる。
頭上で、銀杏の葉が鳴った。

（下巻に続く）

本書は二〇一三年八月、講談社より刊行された単行本を、上下巻に構成しました。

イラスト・庭

|著者|あさのあつこ　岡山県生まれ。1997年、『バッテリー』で第35回野間児童文芸賞、『バッテリー２』で日本児童文学者協会賞、『バッテリー』全６巻で第54回小学館児童出版文化賞を受賞。主な著書には「テレパシー少女『蘭』事件ノート」シリーズ、「NO.６」シリーズ、「白兎」シリーズ、「さいとう市立さいとう高校野球部」シリーズ、『X-01 エックスゼロワン［壱］』、『待ってる 橘屋草子』、『ランナー』、『朝のこどもの玩具箱（おもちゃばこ）』などがある。

さいとう市立（しりつ）さいとう高校野球部（こうこうやきゅうぶ）(上)
あさのあつこ

講談社文庫
定価はカバーに
表示してあります

2017年８月９日第１刷発行

発行者――鈴木　哲
発行所――株式会社　講談社
東京都文京区音羽2-12-21　〒112-8001
電話　出版（03）5395-3510
　　　販売（03）5395-5817
　　　業務（03）5395-3615

デザイン―菊地信義
本文データ制作―講談社デジタル製作
印刷―――豊国印刷株式会社
製本―――株式会社国宝社

Printed in Japan

ISBN978-4-06-293638-5

講談社文庫刊行の辞

二十一世紀の到来を目睫に望みながら、われわれはいま、人類史上かつて例を見ない巨大な転換期をむかえようとしている。

世界も、日本も、激動の予兆に対する期待とおののきを内に蔵して、未知の時代に歩み入ろうとしている。このときにあたり、創業の人野間清治の「ナショナル・エデュケイター」への志を現代に甦らせようと意図して、われわれはここに古今の文芸作品はいうまでもなく、ひろく人文・社会・自然の諸科学から東西の名著を網羅する、新しい綜合文庫の発刊を決意した。

激動の転換期はまた断絶の時代である。われわれは戦後二十五年間の出版文化のありかたへの深い反省をこめて、この断絶の時代にあえて人間的な持続を求めようとする。いたずらに浮薄な商業主義のあだ花を追い求めることなく、長期にわたって良書に生命をあたえようとつとめるところにしか、今後の出版文化の真の繁栄はあり得ないと信じるからである。

同時にわれわれはこの綜合文庫の刊行を通じて、人文・社会・自然の諸科学が、結局人間の学にほかならないことを立証しようと願っている。かつて知識とは、「汝自身を知る」ことにつきていた。現代社会の瑣末な情報の氾濫のなかから、力強い知識の源泉を掘り起し、技術文明のただなかに、生きた人間の姿を復活させること。それこそわれわれの切なる希求である。

われわれは権威に盲従せず、俗流に媚びることなく、渾然一体となって日本の「草の根」をかたちづくる若く新しい世代の人々に、心をこめてこの新しい綜合文庫をおくり届けたい。それは知識の泉であるとともに感受性のふるさとであり、もっとも有機的に組織され、社会に開かれた万人のための大学をめざしている。大方の支援と協力を衷心より切望してやまない。

一九七一年七月

野間省一

講談社文庫 最新刊